SPM 南方出版传媒 花城出版社
中国·广州

图书在版编目（CIP）数据

白的海 / 小昌著. -- 广州 : 花城出版社, 2018.7
（花城小说馆）
ISBN 978-7-5360-8688-3

Ⅰ. ①白… Ⅱ. ①小… Ⅲ. ①长篇小说—中国—当代
Ⅳ. ①I247.5

中国版本图书馆CIP数据核字(2018)第130855号

出 版 人：詹秀敏
责任编辑：李　谓　安　然
技术编辑：薛伟民　凌春梅
封面设计：荆棘設計

书　　名	白的海 BAI DE HAI
出版发行	花城出版社 （广州市环市东路水荫路 11 号）
经　　销	全国新华书店
印　　刷	佛山市浩文彩色印刷有限公司 （广东省佛山市南海区狮山科技工业园 A 区）
开　　本	880 毫米 × 1230 毫米　32 开
印　　张	7.75　1 插页
字　　数	160,000 字
版　　次	2018 年 7 月第 1 版　2018 年 7 月第 1 次印刷
定　　价	38.00 元

如发现印装质量问题，请直接与印刷厂联系调换。
购书热线：020－37604658　37602954
花城出版社网站：http://www.fcph.com.cn

第一部

1

黄水秋一路上都在想那句“杀了他”和李四妹说这句“杀了他”时的古怪表情。

李四妹的那句“杀了他”，像是早就察觉了黄水秋，知道她没什么干不出来的。这个和她在一艘船上待过三年多的好朋友，知道她正在想什么。她们一起在非洲西海岸的深海加工船上工作过，一个是会计，一个是餐厅服务员，船上只有她们两个女人。黄水秋有时会想，如果不是在船上认识，她们还会这么好吗。

黄水秋到了约定地点，坐下来等张东成。他终于摇摇摆摆地进来了。黄水秋看了他一眼，又去看门口的那条狗。李四妹说要杀的人就是他。大脑门像面镜子，眼睛狭长，好似狐狸眼。他随时都在目露凶光，即便把她压在身下的时候。她说：“好久不见呀。”他也知道她在打趣他，挤眉弄眼，想凑过来扶一下黄水秋的腰。黄水秋没躲开。那双大手是真正渔民的手，巴掌张开，像只下水的锚。

黄水秋问：“谁找我。”张东成打电话说有人找她。他说：“我也不知道，说是美国来的。”

来找她的人叫艾米。二十岁出头，短头发，栗色眼睛，鼻子上缀着亮晶晶的金属环，眉骨上也有一个。她说她是王永英的女儿。王永英是谁，黄水秋一下子竟没想起来。三十多年过去了，很多事早就烟消云散了，那些人也各奔东西，老死不相往来。她说：“叫我艾米。”这姑娘中文说得不错，讲普通话。黄水秋端详着艾米，眉眼之间是有些王永英的样子。她想起王永英来了。

艾米说：“你和我想象中不一样，你不像个渔民。”

黄水秋不近视，却戴着眼镜。她把眼镜摘了。她指了指张东成，问：“他像渔民么？”张东成激动不已，那张桌子似乎也在微微颤动。他的两条腿又在抖个不停。他抖腿的毛病正在说明他是个不折不扣的渔民。

艾米说：“也不像。”黄水秋看了一眼张东成，问他：“你还有事么？”她想让张东成离开，他在这里，让她魂不守舍。张东成讪讪地走了，回头给艾米挤了下眼睛，像是说他很无奈，或者让艾米小心点，她可不是好惹的。黄水秋说：“我也一直想找她。没想到再也没机会见面了。她说过么，我们一起经历过很多事。她都和你说了什么？她说过，地球是圆的。后来再没人和我说过地球是圆的。”

艾米说："您是那个耳后有黑痣的阿姨么？"黄水秋说她耳后没有黑痣，黄水春才是那个有黑痣的人。这让她又一次想起双胞胎姐姐黄水春，自从那场梦过后，黄水秋不断地想起她的姐姐。她在梦里竟然向她开枪。

她们一出生就在海上，那片海处于热带，没有春天和秋天，或者说春天和秋天短促得不易察觉。她们的名字像是渔民们的遐想，这群人终日漂在海上，没见过陆地上的春和秋，这也是她们被叫春和秋的原因。她们一模一样难以分辨，分辨她们也成了很多人闲暇时的游戏。这时她们通常会捂上耳朵，混淆视听，黄水春耳朵上有颗黑痣，而黄水秋没有。

王永英弄错了，她总是弄错。

艾米笑了，说："她没有追上你们的船。你们把她抛弃了。"她说的被抛弃的那个人是黄水春。

黄水秋皱起眉头，说："我们没有抛弃她。我们一直在岩洞里等她，等了好多天。"她说不下去，眼圈红了，抹眼泪。抹眼泪也像是一场表演。

艾米不再说话，低下头沉思。过了一阵子，黄水秋说："对不起。我只是说，我们真的没有抛下她。"艾米说："我在写小说，关于你们的，当然也关于王永英。这只是我的想象，在我想象中，是阿春犯了错，男女之间那种错。你们就抛弃了她。"

黄水秋咬了咬牙，说："我不想再和你聊下去了。"艾米表示不理解，说："这只是部小说。"黄水秋说："事实不是那样。是王永英说的吗？她是不是见过阿春。她知道阿春在哪里。阿春是不是还活着。”艾米说：“她不知道，她知道也不会告诉我，我们很少说话。”

黄水秋说：“你在美国长大。”艾米说：“我讨厌美国，讨厌死了。我更喜欢中国，包括中国人的苦难，他们遭遇了巨大的不幸。可对他们来说，没什么值得同情的。这就是生活。”黄水秋不明白她在说什么，她问：“王永英没有让你给我带话来？”艾米的普通话说得比黄水秋还流利，她回答道：“没有，她不会想到我会来中国，更不会想到我会来找您。我去了长城，也见到了熊猫。我是来了解中国的。这里的一切，和我想象中的不一样。我更喜欢照片里的中国。”

黄水秋想了想，也没想出该说什么。

艾米接着说：“这么多年过去了，实在想象不到，究竟发生过什么。我一来到这里，就喜欢这里的气息，一切都是湿漉漉的。我有很好的第六感，我的前世就出生在这里。”黄水秋说：“王永英怎么会有你这样的女儿。”艾米说：“你是在讽刺我。”黄水秋摇头说：“你先住下来。你住我家吧。”艾米说：“看得出来你是个有钱人。我只是开个玩笑。我一点也不羡慕有钱人。我对灵魂更有兴趣，人真正需要的其实很少，不是吗？！”黄水秋问：“你怎么找到了我？”艾米说：“我认识很多华侨。”黄水秋沉默下来，也许是想起从前，或者只是想喘口气，和艾米聊天需要喘口气。

黄水秋说：“你好像特别恨你的阿妈。”艾米说：“谈不上恨。只不过不是一种人。我不喜欢她为人处世的方式。我们像地球的两极。她这辈子就想做个家庭妇女，可后来她却漂泊了一辈子。而我注定是要漂泊的，也许我有一天会成为一个家庭妇女。”说完抿嘴笑。黄水秋说：“你们是一样的人。”

黄水秋带艾米出了海鲜城，穿过红棉路，走不了几百米，就到了黄水秋的家。黄水秋在海边有座别墅，不过她从未在那里住过，就租给了一个东北人。东北人开了个主题酒店，花花绿绿的，像是他们的穿着打扮。黄水秋讨厌东北人，他们一说话就套近乎，大嗓门，像是什么都知道，或者什么都敢说。黄水秋想说的很多话说不出来，就像现在。黄水秋走在前面，艾米走在后面。

艾米说：“你为什么还在老房子里住？”黄水秋说：“我喜欢这里，鱼儿离不开水。”

艾米笑起来，旁若无人。黄水秋回头看她，多么像王永英呀。大太阳在头上摇晃，时间像被什么掰弯了，一切都来得太快。或者说该来的就会来的，就像李四妹不经意间说“杀了他”。

艾米住在三楼，房间局促。她一把拉开窗户，对面也是一栋这样的灰楼，也有一扇这样的窗子。艾米说：“我要去地角码头，那里还有一块天之涯海之角的大石头。”黄水秋说：“让张东成陪你吧。他倒没什么事。”艾米说：“你们还住在一起么？”黄水秋摇头。艾米继续说：“没见你之前，他说了你不少好话。”黄水秋说：“我却想杀了他。”艾米惊诧，问：“为什么？”黄水秋说：“和你开个玩笑。”

艾米唱起来："阿门阿前一棵葡萄树，阿嫩阿嫩绿地刚发芽，蜗牛背着那重重的壳呀，一步一步地往上爬。"黄水秋被逗笑了，引来一阵阵腹痛。她知道那些可怕的红色细胞正在迅速繁殖，终将吞噬她。她的左手其实一直在右上腹处揉搓，像是不停地寻找那个意念中的空洞。

和艾米作别，黄水秋又去了家酒店，特意要了没有窗户的房间。她想找到那种感觉，可以和黄水春近距离接触。门甫一关上，她竟意外地想起曾住过三年的船舱。在船上待久的人都有些异样，即便不易察觉，也总觉得哪里不对劲。十几年前，黄水秋的前夫刚死，她就上了一艘深海加工船，远赴非洲。确切地说，要不是前夫的意外死亡，她也许不会这么选择。她把门猛地关上，像是关上了外面的世界。世界出奇地安静，她需要好好梳理一下，像一只受伤的鸟似的，梳理一下自己的羽毛。

她又梦到了那一枪。她真实地感觉到了枪口微微一跳，一颗子弹就穿过了她的右上腹。随之而来的异样感让她忍不住去摸，却发现了一个中空的洞。这个洞不大不小仅能容下她的拳头。她伸手进去，轻易就穿透了身体，手指在她的背部像花一样开放。她想到自己可以穿过自己就醒了。醒来后发现自己躺在沙发上。

2

人民医院附近总是车来车往。黄水秋很想一脚油门撞上前面的车，撞个粉碎，就像浪头撞在岩石上。没什么比粉碎更能让她兴奋的了。她终究还是什么也没做，死死等着前面的车。因一副太阳镜的存在根本看不出她的表情。

二嫂在病房门口等她。二嫂骨盆肥大，身体前倾，像是一直在拽渔网，拽了大半辈子了，还是没找到渔网那头。二哥的肚子更高了，像个溺水的人。床被摇成半高，二哥的脑袋歪过来了。看来是有话要说，并且想说得严肃一些。他正在酝酿，呼呼喘着气。脸苍白，无血色，下巴尖尖，最后汇聚成一个点。或者从这点出发，向上或者斜上方生长，长进虚空里。黄水秋洗耳恭听，怕是要说后事。二哥开始抽烟，拿烟的手一直在抖。

他说："我见过阿春。"有人说双胞胎随着年龄的增长渐渐分出你我来，可没等到那时候，阿春就离家出走了，从此再也没回来。

他继续说："那天阿妈让我去找她。我看见她了。"

黄水秋很激动，问："她还活着，是么？"二哥摆了摆头，胸脯在剧烈起伏。

黄水秋接着说："我猜测阿春想一个人留下来，留在那个鬼地方。她不跟你走。她跟那个绿帽子兵走了，他们去了南方。"

二哥说："我做了个梦，梦见大哥了。大哥说还是告诉你吧。你也知道，我一辈子都听他的。"

黄水秋提醒二哥不要抽烟了。二哥叹了口气说："这是我这辈子能抽的最后一根烟了。"这么一说，黄水秋簌簌掉眼泪。眼泪来不及擦，就大颗大颗掉到地板上，似乎还有回音，像是掉在渔船的甲板上。

二哥接着说："要不是我快死了，这些话我也不敢说。这些天我总想起大哥来，感觉他一直在，就在身边来回转悠，有一次我梦见他就坐在那里，对着我笑。他从不对着我笑，我被这个梦吓醒了。我恨他。"

黄水秋说："有句话说，兄弟齐心，其利断金，说的就是你们两个人。鱼嘴镇上再也找不出像你们这样要好的兄弟了。"

二哥说："在他病重的时候，我恨不得他早死。现在轮上我了，也有人恨不得我早死。"他这么一说，黄水秋不由心头一紧，好像这话是说给她听的。

二哥接着说："我不想撒谎。在他临终前，我很想说说这些年，我是怎么忍气吞声的。可是一旦面对他，我就不敢说。我在病房外面，转悠了很久，还是不敢说。他在临终前，像阿爸那样看着我。他说最对不起的人就是我。其实他全知道。他这一句话，我就哭了。"说完他开始抹眼泪。黄水秋也跟着抹眼泪。

二哥继续说："我就是他的影子。我就是个影子。活得人不人，鬼不鬼。我想给妹妹说几句真话，你是不是看不起我，大哥死了，我才知道我白活了。"

黄水秋说："别想太多，你会好起来的。"

二哥说："我对不起阿春。我不是人。"终于说起阿春来了。

黄水秋没明白，伸手握住他的手。那只手仍是渔民的手，骨节粗大，关节处因磨损而发白。她抓着那只手，像是可以抓住过去。黄水秋紧紧握着。她很想匍匐下来，捧着那只手。

二哥说："我不知道阿春有没有看见我。也许她早就看到我了，却假装看不见。她被那些人撕扯，上衣被撕坏了，露出了半个身子。我不敢上去，我怕吃枪子。回来的路上，我开始想她的处境，她像咱们家小狗一样在地上蜷缩着来。我又回去找她了。可她不见了，如果她在那里，我会冲上去的，死也不怕，你相信么？我都不敢看你的眼睛，你和阿春简直是一个人。"

黄水秋松开那只大手。抬起头，盯着那张因激动而发红的脸。

黄水秋恶狠狠地说："她想留在那里。"

二哥说："那她为什么又上船？"黄水秋不说话。

二哥接着说："她跳了海，被那些绿帽子兵糟蹋了，哪里还有脸活下去。你还记得鸽子蛋吗？是我害了她，她一定是看见了我。"二哥眼圈红了，泪珠一颗颗向下滚。

二哥止住哽咽，说："不告诉你，我死不瞑目。她才十五岁，有时候，你这么看着我，就像阿春看着我。你是她派来监视我的。"

黄水秋低下了头。她想起头两天的梦来了，阿春给了她一枪，她感觉到了枪口微微一跳。二哥开始剧烈咳嗽，黄水秋不得不出去喊医生。二嫂也冲进来，像是早就等不及了。黄水秋去了楼道尽头，给小穗打电话，让她抓紧来。小穗是二哥唯一的女儿。小穗接了电话，那头乱纷纷的。黄水秋对着电话吼。小穗早就挂了电话，黄水秋还对着电话吼，像是对着自己吼。

那天夜里，二哥就死了，像条鱼似地翻了白眼。拖了不少天，就为了攒攒力气，和黄水秋说阿春的故事。令黄水秋意想不到的还有小穗。她突然号啕大哭，扑在二哥高高隆起的肚子上，叫喊着爸爸别走。像是这么多天，她从来没准备过，或者说她准备了很久，终于有机会大哭一场了。小穗的过分表演让黄水秋更加难过。

第二天，好多风情街上的人过来守灵。灵堂设在红棉路尽头的拐角处。搭了个棚子，一群人进进出出，纷纷过来安慰二嫂和小穗。母女俩很少站在一起，黄水秋也在旁边。三个女人一台戏，黄水秋总觉得哪里不对劲。不少人表示惋惜，怎么说死就死了。二嫂不说话，只是颔首。突然说了一句死了好，像是想了很久才说的，说得斩钉截铁。

他躺在棺材里，等着人一个个看他最后一眼。他死得还算安详，像是睡着了，不像大哥那样狰狞。二嫂找了个没人的地方，和黄水秋说话。她说："你知道他是怎么死的吗？"

黄水秋木然。二嫂接着说："昨天晚上，有个女的给我打电话，说他不行了。听口音，是个外地人。不知道他们干过什么。"

黄水秋不相信，他连说个话都会气喘吁吁。二嫂说："你不信，我那天帮他擦身子时就发现了。"黄水秋问："发现什么？”二嫂不知道怎么说。黄水秋又问：“有反应？”二嫂点了点头。二嫂说：“我们去了，那个女的就不见了。不知道是谁。听医院值班护士说，她也没见过这个人。”

黄水秋说：“是又怎么样，不是又怎么样。”

二嫂不想再和黄水秋说下去了。

外人来凭吊，大多是看黄水秋的脸面。黄水秋的生意做得风生水起，在这条风情街上也是数一数二的。走到风情街的尽头，向右，一抬头就能看见一座庞然大物从海里一跃而出。那是碧海蓝天大酒店，是黄水秋一个人的。出了酒店正门，就是那片海。黄水秋算是要风得风要雨得雨的人。可是这些天，她却不知道干什么好了，一切都让她感到沮丧。大太阳像是要给这个世界点颜色瞧瞧。二哥的棺材在白花花的世界里，一步三摇。

棺材落了地，黄水秋看到了大哥的墓碑木然立着。黑岑岑的，像块骤然出水的礁石。没多久，二哥的墓碑也会立起来。俩人并肩面对着大海，难兄难弟。一抔土又一抔土砸在棺材上，混杂着石头，在棺材盖上骨碌碌乱滚。黄水秋突然发现有个女人靠在一棵树上，大概就是二嫂说的那个人，戴着太阳镜看不清面目。她注视着那副渐被土石掩埋的棺材，后来转向大海，对着大海凝视许久，猛地回头发现黄水秋正在看她。她笑了笑，嘴角抽动，又发现自己不该笑，忙转头去看海。黄水秋接着联想到自己。也许就是一年以后，或者时间更短。棺材里的那个人就成了她。

黄水秋又想起老镇长，让所有渔民留在这里是他这辈子做对了的事情。黄水秋想想自己，不知道自己哪件事是对的。现在看来，总是错。她要做一件对的事，就像老镇长对所有人说，留下来才是唯一的出路。临死前，要做件对的事，让张东成死，合乎情理地死，黄水秋不停地这样想。

她要对他下手了，像她上次对酒店里的某个人下手似的。从岭子上下来，她已经下了决心。路上，她继续思考人的不同死法。只能是意外，意料之外，又在情理之中。越野车在罐头岭上飞驰而下，左侧就是那片海。海上渔船隐没，像是黄水秋一个接一个的念头，都是黑色的。黄水秋没有非得置张东成于死地的必要，或者说张东成死了，她没什么好被怀疑的。两人风平浪静，“离婚”也只是偶尔提过。谁也不会想到，黄水秋竟然想让他死。

3

黄水秋去找那个读大学的儿子了。他在首府民族大学读书，读的是国际贸易专业，说是可以出国做大生意，离开这个鬼地方。他总把鱼嘴镇说是鬼地方。想起他来，就想起他的阿爸，身形颀长，两腮像是被一把刀削过，渔船上拉网的时候，肌肉紧绷青筋毕现。黄水秋就爱看他拉网。哪像张东成一身臊子肉，扔进海里就会浮起来。

那天，有人说儿子他爸死了。以为是开玩笑，后来果真是一场玩笑。看谁能在水里憋的时间长，为了赢得赌金，那个男人真是下了死命的功夫。躲在海水里久久不上来，其他人都在等待，后来就漂了上来。人还在说真是好样的，有人发现不对劲，再一看那人脸色青紫，没了鼻息。法医说是猝死。他这样死，像是对黄水秋的嘲讽。

她上路了，准备突然出现，好让儿子措手不及。她也想看看儿子没了她，是什么鬼样子。她还是第一次来，民族大学里到处是树，没完没了的树。她决定随便走一走，并没像来之前那样急切见到他。想吹吹校园里的风，看看学校里都是些什么人。后来她就给他的儿子打电话。电话关机。她不得不又打了一遍，仍旧是关机。她还没往坏里想。这样和煦的风，又怎么会让她往坏里想呢。

终于被她找来个知情的同学。是个男生，总是偷偷打量黄水秋，有点不怀好意。这家伙说："我们也不知道他去了哪儿。"黄水秋说："求求你，我只是想知道他现在在干什么。"这家伙面露难色，说："阿姨，我真不知道他去了哪儿，欧晓欢平常挺好的，这段时间有点怪。当然，我说的怪是指和他以前有点不一样。"黄水秋想知道个究竟，继续询问。那家伙回答："不好说。您真是欧晓欢的妈妈，不是别的什么人？"黄水秋开始紧张，说："他究竟怎么了？"那家伙捂着嘴笑。这一笑，黄水秋倒放松下来。那家伙继续说："阿姨，我真不知道他去了哪儿，你问问别人吧。"他跑了，落荒而逃。

黄水秋继续找。再找下去，就有了几番游戏的意味。她去了欧晓欢的宿舍。她喊儿子欢欢，普通话像是条狗的名字。她喊欢欢从不用普通话，普通话显得很傻。她说海边话，海边话是她们常说的话，说起来像鸭子叫，扁扁的，像是被什么东西挤压了一下。说海边话总显得很谦卑，指责别人也像是在指责自己。

黄水秋这样的中年女人一进门，让那些男孩子迅速警惕起来。后来听说是欧晓欢的妈妈来了，又开始各行其是，像是早就预料到了她终究会来。黄水秋还没问，有个男生就说："他喜欢独来独往，没人知道他去了哪儿。"黄水秋问："他不在宿舍住吗？"那个男生继续回答："他申请外宿了，住在学校对面的巷子里。"

还有个男生像是弄懂了，说："阿姨，您放心，他不会有事的，昨天他还来上课了。"

从宿舍走出去，她开始想那些电视里的新闻，比如绑架、碎尸、取人体器官等，她有些不能自已了，差点晕倒在民族大学的林荫大道上。她扶着一株古树，安慰自己，事实并没她想象中那么糟糕。儿子只是遇到一些解不开的疙瘩，世界这么复杂，每个人都难免迷失。他这个年纪又是特别容易迷失的。她像他那么大时，还在没完没了地剥贝壳呢。想想也有二三十年了，她头顶斗笠，面对着一盆贝壳。这么一想，人就突然老了。

她看几个男生抢球，投篮。后来有了争议，其中两人面对面挨得很近，脸就要贴上脸了。其中一人把球使劲一扔，甩手走了。球被扔得很远，还在远处不停地弹跳着。黄水秋想帮他们把球捡回来。那个负气走的家伙像她的儿子。黄水秋帮他们捡球去了。阳光浓烈，她抱着个球，很想投一个上篮。

这时电话响了。接了电话，有个男生告诉她，见到了欧晓欢，在图书馆门前一株大榕树下坐着呢。黄水秋慌忙扔了球，疯了似的四处打听图书馆在哪里。

她远远看见了欢欢。欢欢没看见她。黄水秋想吓他一跳，躲在他身后，猛地一拍他的肩膀。欢欢一回头，看见了黄水秋，一时说不出话来。

黄水秋说："你把我吓死了。"

欢欢说："你也把我吓死了。"

欢欢走在身边，黄水秋脚步轻盈，像是除了眼前，什么东西都不重要了。

黄水秋问："你怎么还扎耳朵，戴个什么鬼东西。"说完就要去扯。欢欢躲开了，说："你不懂。"

他们俩找个地方吃饭。黄水秋说吃最好的。两人都不知道哪个地方是最好的。在街头晃悠了许久，后来累了，就随便找了个餐馆，进去了。面对面坐着，黄水秋好好端详起面前的儿子来了。

欢欢说："你老这么看我，我有点害怕。"

黄水秋说："你二舅走了。"

欢欢说："为什么不喊我回去？"

黄水秋说："怕耽误你学习。"

欢欢不说话了，也许沉浸在对他二舅的追忆中。黄水秋并不想说太多。欢欢和他二舅并没什么感情，他讨厌他。

黄水秋说："我有事和你说。"

欢欢说："我也有事想和你说，你先说。"

黄水秋说："你先说。"

欢欢顿了顿，说："好吧，我先说。"

黄水秋说："你说吧。"

欢欢说："我还没想好。"

黄水秋说："你也是个男子汉了，你阿爸像你这么大，早就开始养家糊口了，一个人可以驾船出海。"

欢欢说："那些人老说我是卖海鲜的，我讨厌卖海鲜的，我讨厌卖海鲜，讨厌跟大海有关的一切，一切，大海，去他的。"

黄水秋说："没有大海能有你这个野仔，你阿爸是做海的，你阿爸的阿爸是做海的，你阿爸的阿爸的阿爸也是做海的，我们祖祖辈辈都是渔民，祖祖辈辈。"

欢欢说："我是我，你是你，不要把我当作你生活的一部分，我不是一部分，我不想当任何人的一部分。"

黄水秋说："可我愿意成为你的一部分。"

欢欢说："我不要，我不要任何人成为我的一部分，我爱你，你也爱我，可我们不一样。"

黄水秋说："你不做海，你想做什么。"

欢欢说："我想唱歌，唱给全世界的人听，想让全世界的人都能听见我的歌声，这就是我想要的。"

她不知道该怎么继续下去。他们俩之间像是海上隔空喊话。

欢欢继续说："我写了好几首歌，你想听吗？"

黄水秋说："我想听，可眼下我想和你说说张东成。"

欢欢说："我不想听张东成，他让我感到恶心，我一辈子都不想看见他。"

黄水秋面露难色，又不好发作。

欢欢意识到了什么，突然嬉皮笑脸，说："要是有一天，我变成个女孩，你会怎么想？"

黄水秋说："你变给我看看。你变给我看看。"

欢欢说："我现在就变给你看。"说完变了个人，顾盼神飞，并翘起小手指。

他说："我长得美么，我长得美吗？"最后两句用普通话说，字正腔圆。黄水秋刚想笑，突然意识到一切没那么简单。眼前的儿子陌生起来。欢欢还在笑，一直期待着黄水秋也和他一起笑。黄水秋笑不出来了。

欢欢说："和您开个玩笑，别当真。"

黄水秋说："你是不是还打算找个男朋友。"

欢欢有点窘。黄水秋想拂袖离去。可眼前的人是她的欢欢，躲也躲不掉。她得和他好好谈谈，说说那些遥远的故事，让他知道海上打鱼的祖先们。这些对他来说太陌生了，可黄水秋该从哪里说起呢？

4

张东成发信息说要和黄水秋谈谈。黄水秋想，有什么好谈的。黄水秋回复说，有什么话就直说吧，非要见面吗？张东成又发来信息说："你不来，你会后悔的。"这么一说，黄水秋不得不去见他了，看看他究竟想要干什么。

他约她去喝早茶。这个地方的人喜欢喝早茶，无事就喝到日上三竿。海边的人说放下就放下。也许是海上总有那么多说不定，海边的云涌上来就是一场雨，下了船就像是逃过一劫。没人知道明天会发生什么。越是这样，他们似乎越是离不开大海，一网下去，不知道会网住什么。

记得多年前他们好上后的第二天，也是喝早茶。黄水秋想起那天早上，稀里糊涂又有点莫名兴奋。张东成只是坏笑，黄水秋似乎被他一眼看穿了，像没穿衣服似的，后来这种感觉就一直阴魂不散。张东成眼睛狭长，目光深邃，像狐狸眼，被他盯着看，总有点脊背发凉。黄水秋又想起她是怎么沦陷的，想想多么像个笑话。常年在船上待着，有时会任由笑话在现实中发生。两人喝了点酒，打赌，说谁会害怕似的，谁也不会害怕。海边上的人尤其喜欢赌，现在想来，那更像一场阴谋。

张东成在等她。那人正向窗外看，并且看到了她，隔着落地玻璃挥手。

她没看他，径直向里走。见了面，面对面坐着。张东成的狐狸眼又盯上了她。她逃避宿命似地躲开。和她好上时，张东成还是个穷小子，到如今，也是威风凛凛，风情街上不让人小觑的人物了。他装模作样，梳着大背头，像年轻时的老镇长。

张东成说："我想和你谈谈，好久没和你这么交谈了。"

黄水秋没等他说完，已经感到厌倦。他开始用城里人的口气，把黄水秋当作高尔夫球场上的女孩。黄水秋拦住了他，说："有话就直说吧。"

张东成说："我究竟做错了什么，你这么对我。你说说，好好说说。"

黄水秋说："你和谁学的东北话。和那些高尔夫球场上的东北小姑娘学的吧。你还记得你是谁吗？"

张东成说："我是黄水秋的老公。这个我比你更清楚。你知道你是谁吗？你是黄水秋，是张东成的老婆。你还问我知道自己是谁么，先问问你自己。"

黄水秋怒不可遏，说："要不是我，张东成，你是个什么东西？"

张东成丝毫不示弱，说："黄水秋，你是什么东西？你和别人有什么不一样。"

黄水秋想拂袖而去，被张东成一把扯住了。力道很大不容分说，她在他手里，只好坐下。

张东成说："咱们离婚吧。"

黄水秋没想到他会这么说。每次她提出离婚，他都死皮赖脸，宁死不同意。张东成又有什么见不得人的鬼主意。黄水秋愣在那里，不说话。张东成尤其诚恳，说："要不咱们离婚吧。"狐狸眼眯成一条缝，不知道聚焦在哪里。

张东成掏出一份协议书来，递给黄水秋。黄水秋不看，不想让他得逞。

黄水秋说："我还得好好想想。"

张东成笑了，说："我也不希望这样。"

黄水秋去上厕所了，在镜子前面看自己。脖子的肉像榕树根须似的，纷纷向下垂。黄水秋想先稳住他。整理鬓发，样子像是重新出发。她有了主意，这么多年从那条街上打拼出来，早就学惯了见机行事。盯着镜子里的自己，有些洋洋得意了。这才是黄水秋，战斗中的黄水秋，船上的黄水秋，见惯了男人的黄水秋。她想让自己更憔悴一点，整理好的刘海又被她打乱。她皱皱眉头，一脸病容，像她二哥。她越来越像她二哥了。她突然发现自己像个男人。这个新发现，让她心惊肉跳。

她出来了，走向张东成。张东成并没发现有什么异样，抬眼看黄水秋，并表现出一副他也不想这样的无辜表情。黄水秋收拾桌上的离婚协议书，并支着下巴端详张东成。

张东成说："别这么看我。"

黄水秋说："东成，东成。"这么一喊，张东成左右环伺，极不适应。

黄水秋接着说："你好好看看我，看我这张脸。"

张东成盯着黄水秋的脸，说：“怎么了？”黄水秋说：“看我的脸，是不是像快死了。”

张东成慌了，说：“你也得上那种病了。”

黄水秋点了点头，说：“你怕死么？我不怕，一点也不怕。”张东成也许没想过，说起死来，让他有些张皇。

黄水秋说：“我们离婚，我不想给你添麻烦。我答应你。”

张东成说：“我不知道你得了病，要是知道你得了病，我不会说这样的话。我不是那种人。”

黄水秋说：“我是有点看不惯你，可我知道你不是那种人，大难临头各自飞。最后这段日子，我想和你好好过。”

黄水秋越说越激动，竟掉下几滴眼泪来。张东成握住了黄水秋的手。他的大手温暖粗糙，是渔民的手。她迷恋过这只手。手抓上她那一刻，仍让她激动不已。她反手握住那只大手。黄水秋想起之前的很多事来。她总是能化险为夷，这一次估计也是。黄水秋想抽一支烟。点上烟，烟雾缭绕，像是可以穿越时光。她和阿春在小渔船上摇摆，对着夕阳，四只小脚丫在海水上面晃悠，脸对脸傻笑。

黄水秋说：“你不是有好多话要和我说吗？”

张东成点头，刚想说，又被黄水秋拦住了。黄水秋说：“我不想听。你写信给我吧，我已经好久没收到过信了。你给我写一封吧，我想读你的信。”

张东成继续点头，这一阵子，他已经习惯了点头。没有什么还手之力了。

有人给张东成打来了电话。他看了一眼，说去接个电话。两人的手还在桌子上紧握着。起初黄水秋不想放，张东成近乎哀求。黄水秋放开了手，张东成仓皇逃离。黄水秋仍旧支着下巴，像是喝醉了酒，眼神也迷蒙了。她开始思考张东成的死法。张东成要是自杀的话，会如何选择，比如跳楼、服安眠药、割腕、煤气中毒、跳海、车祸等。黄水秋突然想起海福大厦，真该为自己想起海福大厦而欢欣鼓舞。张东成从海福大厦最高点，一跃而下。

张东成回来了，一脸雀跃。黄水秋说："哪个女孩子给你打电话，看你满面红光。"

张东成摆手，让她不要开玩笑。狐狸眼眯缝起来，盯着黄水秋的脸。也许在想，黄水秋是不是果真得上了那种病，这可是问题的关键。等黄水秋躺倒在病床上，一切问题都迎刃而解了。他说："我们去医院吧。人和人不一样，也许你没有大哥二哥那么严重。我带你去看医生。"

黄水秋摇头，说："不想死在医院里，大哥二哥都是死在医院里，我可不想。我想死在家里。"

张东成："欢欢知道吗？"欢欢是黄水秋和她前夫的儿子，和她前夫的。

黄水秋说："欢欢不知道。"

张东成说："还是别让他知道了。知道了，也没什么用，还不是添乱。"

黄水秋说："听你的。"

张东成又伸过来那只大手，想抓住黄水秋的手。黄水秋躲开了，说：“你给我写封信吧。我现在就想读。”

张东成让她别急。

黄水秋盯着他，开始想象，像这样的身子从楼顶上飞下来，会发出多大的声响。一只手握着他的手，另一只手还在自己右上腹上寻找，找那个中空的洞，不祥的洞。自从那个怪梦以后，黄水秋总感觉肚子上有个洞。

5

黄水秋很少来办公室。一旦坐在办公室里，就像从来没有离开过。手下的人还是有些怕她。她一来，人就变得灰溜溜，说话声也压低了。办公室四周一片静寂。窗外是那片海，这是碧海蓝天大酒店最高层。她在俯视那片海。只有俯视，才会让她觉得心安。

黄水秋收到了张东成的信。黄水秋扫了一眼，就把这封信交给了另外一个人。

那人突然说：“要不要我读给你听，亲爱的秋。”

黄水秋说：“闭嘴。找你来，又不是给我添乱的。”

只见这个人三十多岁，面部有大面积烧伤，口鼻歪斜，胸部若有若无的曲线说明她是个女的。她眼神锐利，有点像海鸟，冷不丁就会俯冲下来。不相信她还能相信谁呢，要是这个世界上只有一个人可以信任，那就是身后这个人了。她叫阿飞，不少人喊她飞哥，是黄水秋的侄女。她刚从澳门赶回来，是黄水秋喊她来的。

她是黄水秋他们家在海上捡来的。那一年他们一家人从下龙湾的岩洞里撤离，渔船摇了没多久，发现了另外一艘小船，在海上飘荡。船很小，大人不知去向，只有一个三岁大的孩子，在船里躺着睡觉。这孩子也是命大，正好遇上黄水秋他们一家。后来她就成了黄水秋大哥第一个女儿。

阿飞不喊她姑姑，不到迫不得已是不喊的。她们更像是一对姐妹。

黄水秋让阿飞伪造张东成的遗嘱。张东成自杀前应该立遗嘱，这样才经得起推敲，不引人怀疑。翻看张东成的来信，阿飞不停地笑，肩膀抖动却不敢笑出声来。她笑起来肩膀就抖个不停，像是总有人不让她笑出声来。黄水秋回头，说："想笑就大声笑吧。"阿飞因此哈哈大笑，笑得很假。

后来她们俩下楼去了海滩。不少人看见她们俩又在一起了，不知道又有什么大事发生。这里人少，是碧海蓝天大酒店的私人领地。沙滩上的沙子洁白无垠，漫射着刺眼的光。两人来回走。好久不曾这样了，两人不约而同想起从前。

黄水秋突然说起自己右上腹的空洞，说自己在梦里挨了一枪，肚子就空了。吃多少东西肚子也是空空的，最后就说自己可能快死了。阿飞竟然笑，黄水秋知道死在阿飞眼里算不了什么。阿飞仍在专注于张东成的死，而不是黄水秋的死。

阿飞说：“像张东成这样的，最好是马上风。死在女人身上，做鬼也风流。”

黄水秋说：“你是不是觉得我在开玩笑？”

阿飞说：“感觉你一直在开玩笑呢。你好像挺喜欢张东成的，放不下他。”

黄水秋说：“叫你来，不是来气我的。”

阿飞说：“亲爱的秋。”阿飞又背起那封信来。

黄水秋也跟着笑，说：“我给你发信息让你来，没想到你真来了，我就想试试，你还听我的话么？”

阿飞想了想，说：“只有你才会这么对我。那天我去香港耍，晚上住在香港，凌晨三点醒了。就我一个人，我不知道自己是谁了。不知道自己在哪里，从哪里来，要去干什么。我在镜子里看眼前的丑八怪。我想，我是怎么活到今天的。那天晚上，我开了窗准备跳下去。我想起了你，想起了你和我说过的话，我才没跳下去。”

阿飞接着说：“我想起了那艘渔船。我就坐在窗户上，像是坐在那艘船的船舷上。除了你，我连个亲人也没有，不知道自己是谁。可我想起你说的那句话。我又回去睡觉了，第二天醒来，像是什么都没发生过。”

黄水秋似乎忘了阿飞正在说什么。她说：“事情突然又变了。之前是怕张东成抢我们的财产，怕你和欢欢吃亏。可这两天我不这么想了，他必须死，死在我前面。我不想让他参加我的葬礼。他在我的葬礼上肯定是猫哭耗子。他在笑我，一直在笑我。我自从嫁给他，他就是等着看我笑话，等着我死在他前面。你不知道他有多阴险。”

阿飞说：“我觉得你变了。”

黄水秋说：“你也变了。”

阿飞说：“你知道我为什么走吗？我们只要在一起就会有不祥的事发生。”

黄水秋说：“想干大事，就得心狠手辣。”

阿飞说：“和心狠手辣没关系。我是觉得没这个必要。他并不坏，也没有挡我们的道。”

黄水秋说：“他嘲笑我。他在等着我死，你知道么？我受不了。”

海上夕阳西下，大太阳一点点陷落。倏忽就没了。每天都会有这么一瞬间，在有无之间，上一秒和下一秒之间。黄水秋逼视，好久没这么眼睁睁看着太阳掉进海里了。海平面还是红彤彤一片，心有不甘似的。

黄水秋说：“海福大厦，我想起海福大厦，就觉得他死在那里算是死得其所。海福大厦的老总和他关系不错，后来因为喜欢上同一个小女孩，就不再一起耍了。他就该死在海福大厦。”

阿飞说：“你是怎么知道的。”

黄水秋说：“没什么可以瞒得住我。”

阿飞说：“你哪像个快要死的人。我看你活蹦乱跳的，像条飞鱼。”

黄水秋说：“你能甩掉你的影子吗？那个病就是我的

影子。”

阿飞说：“那就去黑暗的地方。那里没影子。”

黄水秋说：“自欺欺人，你只是看不到而已。影子到死也跟着你。”

阿飞说：“我听你的。你让我干什么，我就干什么。”

黄水秋说：“我都想好了。我约他去海福大厦。找个机会去天台和他谈谈。天台有个地方非常好，天时地利。他只要站在那里，我就有办法。”

天黑了，大海就变得更加神秘。晚上黄水秋去了海福大厦，没进去，只是在周围转了转。仰头看高高的楼顶，天空在旋转。预测从某个地方跳下来，会落在哪里，具体会在什么位置。一旦落地又是怎样一副惨象。警察会绕着他的身体画个人形白线。她似乎看到张东成趴在地上求她，像条狗。

黄水秋回家后躺在床上，灯光下开始端详自己的肚子，并没看出什么异样，可有个洞的清晰感觉始终无法摆脱。这些天总是梦到这个洞，意识到有个洞，她就会从梦中惊醒。只有一个人的时候，恐惧才会不顾一切地发作。那个中空的洞就是告诉她，她跑不了。

电话来了，铃声猝然响起。黄水秋一惊，像是被别人识破了一样。一个陌生号码，她摁掉了。又打来，铃声执拗，一直响到最后。她没接，过了一阵子，又打来。她怕是有关欢欢，就接了。电话那头是个中气十足的男人，像是个久未打开的瓮突然打开了。老男人，有力量，不容拒绝。说是要和她谈谈生意，是个东北人。她对东北人没什么好感，可是这男人让她很难立刻拒绝。她说考虑考虑。那人说会让彼此都满意。黄水秋知道这人所在的集团，在海城早就铺天盖地，没有他们干不了的事。没想到老总是个东北人。挂了电话，她意识到背后有一只大手，正伸过来，可这也是她想要的。天平正向她这一侧倾斜，像是她能说了算。不如把拥有的一切都卖掉，谁也不知道鱼嘴镇的明天会怎样，老镇长的死，是不好的兆头。

6

挂了电话，黄水秋陷入沉思之中。

有人敲门。黄水秋以为自己听错了。停顿了一下，敲门声再次响起。黄水秋惶惑，问谁呀。没人说话。又问谁呀，还是没人说话。她起初没多想，后来发现不对劲，也许早有人知道她的行踪，有人跟踪她。张东成在跟踪她。她开始确信自己的判断。这个房间也被盯上了，想到这里就毛发倒竖。

从房间里走出去，天还黑着。是黎明前的黑暗。她开车去罐头岭看日出。想去看看，车子从哪里开上去，可以冲出去，跌落悬崖，掉进深海里。她一刻都不想再等了。她一路开着，夜里的车少得可怜。到了罐头岭最高处，盘山道有个拐弯，有护栏，护栏不堪一击。她下车查看，太阳从海里一跃而出，像个海鸭蛋的黄。

越野车从岭上跌落，掉进海里，黄水秋想下去。一声巨响，海水涌上来，淹没了越野车。他们也被淹没了，可还活着。车厢里只有她和张东成。她多么想看张东成临死前那张脸。那该是怎样一张脸呢？

接下来就会想到自己的死。和张东成死在一起，是她很不情愿的。还有不少心愿没有完成，比如欢欢，比如阿春。这样死，就像阿春的死，如此草率，算不上了结。她站起来，走向大哥的墓碑，抚摸，又走向二哥的墓碑，接着抚摸，像是抚摸他们坚毅的脸庞，他们的脸是渔民的脸。墓碑面向那片海，远处就是下龙湾。他们可以眺望，永远眺望。一生被一把刀硬生生地一分为二。对于他们而言，这里的新生活只是下龙湾的延续。经过了六天六夜的飘荡，似乎又回到了下龙湾。

下午黄水秋做了个头发，化了淡妆，对着镜子好好看自己，陌生极了。其实她一点也不了解自己。这些天，不断想起死，怎么死，和死较量，她遇见了更多的自己。她摸了摸自己的瘦小的脸，因化了妆而变得粉红，粉红得像个已经死掉的人。

和那人约好了喝下午茶。那人听说是黄水秋上门，喜不自胜。没想到来得这么快，令他措手不及。黄水秋带上了阿飞，没有人比阿飞更合适了。黄水秋在路上，说了新计划。阿飞开车，黄水秋右上腹又开始剧烈疼痛，歪在车后座上。阿飞慌了，意识到黄水秋说的极可能是真的。她一直以为只是个玩笑。过了好一阵子黄水秋缓过来了。阿飞说晚上带她去去“甲天下”会所开心。黄水秋来了劲头，问真的假的。阿飞回头贼眉鼠眼地笑。

这个东北人有点迷恋自己，样子像经常演皇帝的那个男演员。每一句都字斟句酌，显得真理在握。他倒真像个土皇帝呀。黄水秋和他一来一往，说了一些废话，并没有直奔主题。她想了解这个人，想知道他什么来头。

只要给他机会，这样的人就会没完没了说起自己来。他讲起从前，在东北的岁月。旁边的人偶尔也帮腔，夸他如何如何。他只是摆摆手，示意别这么说。他们合起来讲了个故事，说他在东北受人欺负，没人把他当回事。他在工厂里长大，那里到处都是大大小小的工厂。有一次他拿着扳手砸了一个人的后脑勺，那人没死掉，成了植物人。后来就没人敢惹他了，知道他下死手。听了这个故事，黄水秋感觉来对了。可是她还没细想，一旦将碧海蓝天大酒店和渔业公司转让给他，鱼嘴镇会是个什么样子的鱼嘴镇，风情街会是个什么样子的风情街。

东北很大，就是中国地图上那只雄鸡的脖颈和头。他问黄水秋去过东北吗？黄水秋去过，去过雪城，没想象中冷，也许去得不是时候，灰蒙蒙的，一切都是灰蒙蒙的，人也是灰头土脸的。黄水秋却说没去过，从来没去过东北，她习惯了撒谎，一到商务场合她就忍不住撒谎。那个人因此谈兴更浓，说非要带她去东北转转，那里有大兴安岭小兴安岭长白山，可以去森林里狩猎，可以去松花江边发呆。这么一说，眼前的东北大哥开始掉泪了，他大概是想家了。

他问她见过雪么？黄水秋却说她不喜欢雪。

那人问："为什么？"

黄水秋说："很不真实，说没就没了。我喜欢实在的东西，比如钱。"她像是故意这么说的。

那人说："看来我没找错人，我也不喜欢雪，不过可能和你的原因不一样。"

黄水秋让他说说看，她很想知道他的答案。

那人说："我离开东北的时候，东北正在下雪。后来我就讨厌雪了。"

黄水秋说："为什么？"这次轮到她问为什么了。

那人哈哈一笑，说："再也见不到东北的大雪了，你说讨厌不讨厌。"

黄水秋被绕进去了，也跟着笑，说他真坏。她有时极善于运用女性优势。

那人突然问："你相信轮回吗？"

黄水秋被突如其来的一问，问呆了，说没想过。她倒是真没想过。那个东北人说他前半生满是业障，后半生想要尽可能帮助别人。他旁边的人说他供养三宝，给海城的所有寺庙都捐了钱。说到这里，他颔首笑了，又说起从前被他敲成植物人的家伙如果死了，他现在还在监狱里。人生处处都是岔路口哇，他最后感慨。

轮到黄水秋说了。她要是不说，就像是对不起眼前这个人。黄水秋说起她小时候，她竟然没有撒谎，连她自己也感到意外，说起童年的下龙湾，说起六天六夜的漂荡，这超乎那个人的想象，他不住地搓手，说他们这些人真是不可思议，怪不得有人说是海上漂来的部落。

7

这天下午，海上起了一阵怪风，突如其来又迅速消遁，像是专程来对付那架滑翔机的。滑翔机在空中翻了个跟头，就一头栽下来，落在沙滩上，像是一只惊弓之鸟。听说一男一女一死一伤。男的死了，女的还在重症病房，不知是否能活过来。

黄水秋此时正在“甲天下”会所里和阿飞唱歌喝酒，由两个男孩子陪着。其中有个来自西贡，眼球里射出幽幽的蓝光，是个混血儿，鼻梁高挺，祖上有欧罗巴基因。黄水秋有些不适应，还在想那个东北人，想到他说的如何在森林里狩猎，又如何面对千里冰封的松花江。

阿飞早就玩开了，她倒是很容易玩嗨。开始和两个男孩子搂搂抱抱，卿卿我我。

阿飞非要带黄水秋来。黄水秋起初是拒绝的，后来想到了自己的死，就发现没什么不可以。好像那些赌命的渔民，明知没什么好下场，还会霸王硬上弓，说去就去，没有不敢涉足的海域。这么一想，倒是让黄水秋无所谓了，来上一句东北话，去他的吧，过把瘾就死。

黄水秋想和阿飞说句话。音乐太吵，阿飞听不到。她突然大喊："我想放了张东成。"阿飞还是听不到。也就是说在张东成坠亡后的一个小时内，黄水秋想起过他，想就此作罢放了他，想不如离婚算了，财产合理分割，他走他的阳光大道，她走她的独木小桥。也就是说，她看着男孩子疯玩，突然一笑泯恩仇了。她大喊："我要放了他。"阿飞听见了，问："放了谁？"她继续大喊："张东成。"阿飞兀自走到台子中央，吃了摇头丸似的，随着音乐节拍摇个不停。

她松了一口气，软在沙发上，呈贵妃醉酒的姿态。西贡男孩像是会了意，开始靠近她。凑过来，依偎在她身上。像小时候的欢欢，和她耳鬓厮磨。他伸一只手过来了，抚摸她的乳，这才让她想起自己是个女人，活生生的女人。他歪过头来了，要吃她的奶。头上发胶的味道有点呛人。她的下巴落下去，像只啄食的喙，紧紧抵住他的头。那颗头早就埋在她的双乳之间，是个吃奶的孩子了。

手机响了，振动，像是整个世界在振动。她顾不上了。舌头和舌头正在纠缠。黄水秋想要一口吃掉他，吃掉怀里正吃奶的孩子。手机又一次响了，振动，像发怒的狗似的，不停地咬她的手。她一把摁住，又一次摁掉。

她推开男孩，接了。那边传来张东成已死的消息。她想了一下，把电话挂了。继续和男孩搂抱在一起，像两条蛇，一条大蛇和一条小蛇。小蛇要钻进大蛇的肚子里了。两人摇摇晃晃直奔卫生间去了。

门甫一关上，世界静下来了。黄水秋扑过去，哪像个将死之人，简直是一头饿兽。西贡男孩也向前冲。当然这样的向前冲具有表演性质。对黄水秋来说，这不重要。重要的是他向前冲。她只要他的动作。这时候，男孩一闪身躲开了，避开她。一个人面对着墙壁，做小动作。黄水秋不想停下来，从后面扑过来。

阿飞在猛烈地敲门。黄水秋知道她为什么会这么猛烈地敲门，直想把这扇紧闭的门洞穿。没有比这消息更天大的了。阿飞还在捶门。她还不知道黄水秋比她知道得更早。让她敲吧，洞穿这扇门。敲门声越剧烈，黄水秋越觉得快意，不知羞耻地快意。

阿飞不敲了，那扇门还横亘在她们之间。西贡男孩在她身后也慢下来。他又在表演，想一切尽在掌握中。他不想这么快，他在取悦她。这么一想，她整个人开始发抖。右上腹的疼痛又一次袭击了她。她在忍受，她大声叫喊，这样的叫喊像是人生最后一次叫喊。身后的男孩以为她来了，开始加快他的动作，猛烈地冲撞。他也在她的撕裂声中，嘴巴张成O形，干叫了两声。他抱住她朽木似的腰，呼呼喘息。

门还是开了，总是要开的。黄水秋扶着墙，西贡男孩扶着她。阿飞呆立，对着黄水秋说："张东成死了。"另外一个男孩坐在沙发上抽烟。两人一直在等待。黄水秋终于出来了。张东成的死，让阿飞再也高兴不起来了。或者说，一切都来得这么快，她无所适从。她在等着黄水秋，看黄水秋的脸色。

黄水秋让阿飞唱歌跳舞，假装什么事都没发生。阿飞做不到，整个人团在沙发上不说话。阿飞不像那个心狠手辣的阿飞了。包厢里只剩她们两个人。两人开始徐徐地谈论张东成的死。窗外大概是夕阳西下，是那片海最美的时候。残阳如血，海平面也被染红了。可是包厢里却像是夜晚，这里只有夜晚。

阿飞说："你该高兴才对呀，这不是你想要的么。"

黄水秋在抽泣。她这是猫哭耗子。她在哭什么，没人知道。

电话又响了，也许是让她去认尸。手机在她手上跳，像是张东成来的电话，来找她谈谈，催她离婚。是李四妹。李四妹也知道了，不知道是过来安慰，还是求证。她接了。李四妹不说话。她喊阿妹，包厢里静得出奇。李四妹突然问："是不是你。"黄水秋说："不是我。"李四妹又问："究竟是不是你。"黄水秋说："真的不是我。"李四妹说："对我也不打算说真话吗？"黄水秋说："你的意思是，一定是我。"李四妹说："这样的死法，只有你能想得出来。"黄水秋笑了，哈哈大笑。李四妹说："还说不是你。"黄水秋说："不是你让我杀了他么。"李四妹说："天知地知我知你知。"黄水秋喊："你这个疯子，疯子。"李四妹早就挂了电话。她还继续对着电话喊。

阿飞看着她，也像看一个凶手。

8

黄水秋开车去殡仪馆收尸。路上一直在想张东成，连这样的死，都没让他有所警醒。这人也许依然叼着牙签，说话或者嘴张开的时候，牙签纹丝不动，就好像在表演绝技，眼睛直勾勾看过来，似乎不停地在说，这下你得逞了，这下你得逞了。她突然不想去殡仪馆了。

她想到了那个东北人，某集团的老总。想起他的话来，想起他说话的语气，还有歪着脑袋思考问题的样子。她想找他聊聊，甚至一刻都等不得了。张东成还躺在殡仪馆的冷冻床上，无人认领，她却想找一个东北人聊天。这么一想，她反倒非要去不可了。阿飞一个人歪在副驾驶座位上玩游戏，偶尔抬头看一眼车窗外。黄水秋对阿飞说："你先去吧。你就说我去不了。你叫辆出租车。"阿飞看了黄水秋一眼，就下车了。阿飞突然又探头进来，说："要不要我给你拍张他的照片，发给你。"像是在说一个笑话，而且一点也不好笑。黄水秋表情庄严，没理她，踩一脚油门，越野车就飞奔出去了。

她给那个东北人打电话。突然忘了人家的名字，连姓氏也想不起来了。不知道喊什么，电话就通了。电话那头说："发生了什么事，这么晚给我打电话。"这时候，黄水秋才看了眼表，夜里十点多了。黄水秋说："没什么事，我打错电话了。真是抱歉。"挂了电话，越野车就停在一株大榕树下面了。她在树下抽烟。那人又把电话打过来，说："既然打错了，就继续错下去，将错就错吧。你在哪里？”

两个人就这样约好了。去外沙码头，吹海风喝啤酒。外沙在海城西南角，鱼嘴镇是东北角，黄水秋要走一条对角线。她只是想离殡仪馆更远一点。还没到外沙，阿飞就把照片发过来了。照片里几个人在黑暗里抽烟，似乎是张东成的一些好朋友。他们在谈论着什么，并不怀好意地看过来。

海上有不少渔船，亮着星星点点的捕鱼灯。近海捕鱼的渔民总是晚上出去，凌晨回来。捕鱼灯亮着，好像对岸的渔火。黄水秋和那个东北人面对面坐着，不知道该谈论些什么，就说起了灯塔。那人说要建个灯塔酒店，酒店本身就是个灯塔，地方就选在碧海蓝天旁边，那里还是荒草丛生，是一间老船厂。这是打算和黄水秋对着干，可她依然很平静，说：“海城连个灯塔也没有。记得涠洲岛上有个灯塔，可从没见亮过灯。”后来说起时光荏苒，不知不觉间就老了。

那人说：“上了年纪的人让人讨厌么。我别提多喜欢现在的自己了，感觉从没这么轻松过。不为别人而活，想怎样就怎样，不像年轻时候，总是有所顾虑，希望别人喜欢我。”

黄水秋说：“我是女人，和你们男的不一样，你看我下巴上的肉，像不像榕树上的须须了。”说完自己先笑起来了。

那人说：“你很美。”要是有男人对黄水秋这么说，她也许会恨上他。但是这个人说出来，黄水秋却不这么想，她立刻放松下来。

黄水秋说：“不要取笑我。”

那人说："我是认真的。你是那种有味道的女人，这样的女人少得可怜。"

黄水秋顾左右而言他，说起阿春来了。那人歪着脑袋在听，他看上去很感兴趣。

黄水秋说道："我二哥死前，和我这么说，阿春被一群绿帽子兵糟蹋了。后来她就从鸽子蛋的悬崖上跳下去了。鸽子蛋是面朝大海的悬崖。在二哥眼里，阿春是去救我们全家的。她为了我们牺牲了自己。要想留在那里，就得求那些绿帽子兵，你知道那些人吗，他们戴着绿帽子，这对我们中国人来说，绿帽子就是个大笑话。"

那人说："绿帽子好藏身。"

黄水秋说："她是去找一个叫郎的绿帽子兵。那人家里有个热带庄园，庄园里种着一大片橡胶林。那个人的眼神有一股神奇的魔力，只要看我一眼，我就想跟她走。你的眼睛也有这样的魔力。"黄水秋不知道自己为什么会说最后一句。

那人说："你也愿意跟我走。"说完死死盯着黄水秋。

黄水秋像个见惯世面的女人，面不改色，说道："你要愿意带我，我就跟你走。"

那人说："你连我叫什么都忘了，就想跟我走。"

黄水秋说："眼神不会骗人。"

那人说："眼神最会骗人，大骗子都有不说谎的眼睛。"

黄水秋说："阿春比我勇敢，她一直比我勇敢。从她离家出走后，我就总想她会怎么做，遇到事情我就问自己，阿春会怎么做。我似乎成了阿春。”

那人说：“你们必须要离开那个地方吗？”

黄水秋说：“人心惶惶，所有人都待不下去了。没人知道接下来会发生什么，还是回到祖国更让人放心，你可能不知道我们看到那块‘天之涯海之角’的石头，有多开心。”

那人说：“你们没回去找阿春。”

黄水秋说：“我们四处找，找不到。现在想来就像做了一场梦。”

他们陷入了沉默。不过这样的沉默让黄水秋放松下来，她说：“你知道么，张东成死了，就死在今天。我们却坐在这里喝啤酒吹海风。想起来，我就想笑。”她转而说张东成了。

那人说：“张东成是谁？”

黄水秋说：“是我老公。”

那人说：“怎么死的？”

黄水秋说：“你没听说么，海城银滩景区滑翔机坠落，一死一伤。死的那个人就是我老公。我以为你早就知道了。我本来是去殡仪馆收尸的，结果我给你打了电话，想和你聊聊。不知道为什么，就是想和你说几句话。可恨的是，我连你叫什么，都忘了。一切都像个笑话。”

那人悠悠地说：“我姓关，叫关明山，关羽的关，明白的明，山河的山。我是满族人，祖上是旗人。旗人你知道么，要是清朝不灭亡的话，我可能就是贝勒爷。见了我，你是要磕头的。”

听到张东成的死，没想到他还这么轻松。

他接着说："天天都会发生这样的事。天下之大，怎么可能没有意外呢，你也不必过于自责。人都是在劫难逃。命里有的，逃不掉。就像你我，你连我的名字都忘了，还会想起来给我打电话，不是命是什么。"说完歪着脑袋，端详对面的她。他的食指总在鼻子周围转悠。

黄水秋说："本来不想说他的，还是没忍住。我没有自责。我是有点接受不了，不是接受不了他的死，我是接受不了自己。我早就希望他死了。这么说好像也不对。好吧，我直说。我已经想好了如何一步步杀死他。刚准备付诸行动，他就这么突然死了。我有种失落，当然又不只是失落，还有点同情他，或者说是尴尬。我现在尴尬极了。"

黄水秋的直白又一次震惊了自己。

关明山喝了一大口酒，似乎壮了壮胆，说："我和你一样。我把一个人拖进了松花江去，后来也不知道究竟漂去了哪里，反正是生不见人死不见尸。到现在他们家的人还在寻找，以为只是走丢了。这也是我一路南下的真正原因。这么多年，我都没有摆脱那个噩梦的纠缠。上次我说起这个事是在寺庙里，对一个老和尚。你知道我常做什么样的梦么？"

黄水秋摇了摇头。她很想哭，为眼前这个男人。他就是她想要的人。她找对了人。这么一想，泪珠从眼睑里滚出来，迎着海风，像是和海风有关。紧接着，就是全身的颤抖。她开始抚摸自己空空的肚子。

关明山继续说道："那个被杀掉的人是我。被扔到松花江的人是我，我把自己给杀了。我从江水里爬出来，去寻找那个一路南下的家伙。我常被这样的梦吓醒。做梦的时候，我知道自己在做梦，那个老和尚让我念《金刚经》。二十多年过去了，我没回过家。我把全家人都接来了，就是不敢回东北。我现在害怕雪，是因为我离开的时候，东北就在下大雪。一说起雪，我就忍不住想到我是个杀过人的人。"

黄水秋想起那场意外的"车祸"。那场意外的"车祸"像是成了真正的意外。她制造了假象，后来也把自己骗了。自己也接受那个人死于意外的真相，她为此突然感到深深的不安。她决定和盘托出，就为了眼前这个让她信服的男人。就在这时，海上响起汽笛声，将黄水秋想脱口而出的话吹散了。过了一会儿，她也觉得没有必要说了，就说起了关于钱的事情。两个有钱人谈论起了钱。

关明山说："这几年我也一直在想钱的问题。钱让我和别人不一样，怎么说呢，就是有了钱就变神圣了，好像无所不能，钱就在那儿，你可以做任何你想做的事情。越有钱，越怕没钱。我就是怕一切付诸东流，才没完没了地发展。没钱的时候，倒并没那么害怕。现如今，有钱了，活得越来越谨小慎微，很怕走在街上，摔一个跟头再也起不来。害怕到头来是竹篮打水一场空。不过我也知道，早晚都是一场空。"

黄水秋说："我倒希望一切来得快一点，就像看录像带似的，快进再快进，早一点尘埃落定，我好安心。我对这个世界没有太多的眷恋了。不过我不想把钱留给张东成，一点也不想。这些天，我为此天天苦恼。这些钱和他一点关系也没有。”

关明山说；“张东成在你想让他死的时候，他就死了。”

黄水秋连忙摆手，说：“连你也不相信他的死和我无关么。”

关明山说：“不是那个意思。我想说有些事就是说不清楚，冥冥之中好像有什么诡异的力量。你有信仰吗？”

黄水秋摇头，说没有。

关明山说：“我原来什么也不信，只信这两个拳头。现在什么都信，上帝呀，佛呀，一切未知的我都信。我爱捐钱，只要有这样的机会，我都会捐。我也搞不清楚自己是怎么了，这样做我会舒心。”

黄水秋又想起那场意外的“车祸”。她是没见到车祸现场，可车祸现场的种种画面不停地向她脑袋里钻。

关明山接着说：“你有没有想过，张东成不是你想象中的那样。比如他一直很在乎你，只是你不知道。有时候讨厌一个人，就是因为他的小毛病。比如我老婆，吃饭总爱吧唧嘴。我不爱和她一块吃饭。一听到她吧唧嘴，我就吃不下饭。”

黄水秋笑了，问：“那你为什么不告诉她？”

关明山说：“和她说了，她也不信。她会以为是她人老珠黄了，我才讨厌她。根本不是人老珠黄。反过来说，她越是觉得她人老珠黄，我就越讨厌她。”

黄水秋问："你外面有女人嘛。她知道你外面有女人嘛。"

关明山笑了，说："真想不到像你这样的人，也会这么说。"

黄水秋说："我就是个普通女人，一个渔民。"

关明山说："又被你绕走了。我想说，也许你根本不了解张东成。我只是给你提个醒，他或许没你想象中那么糟。我觉得你还是该去一趟，看看他。人死不能复生，死了就是死了。死者为大。"

黄水秋说："听你的。"

关明山说："下次你再来，我就和你谈生意了。我们见面从来不谈生意，一点也不像个生意人。"

关明山在车外和黄水秋摆手。他摆手的样子像个小孩，让她想起欢欢。这个东北人有天生的亲近感。那些生意交给他，她是放心的。别忘了，他可是个杀人犯。这么一想，黄水秋倒是笑了。她对着后视镜，看自己，并笑给自己看。她也是个杀人犯。

9

张东成死后的第三天，欢欢回来了，在街上走，没人认出他是欢欢。有人嘲笑黄水秋，说是她女儿回来了，听到这样的话她是哭笑不得。欢欢脚下一双红鞋分外引人注意，黄水秋让他换鞋，他不得已才换了一双浅绿色的。他就是要红男绿女。

到十二月了，海城的天气依然热得像有炭火在烤。尸体在冰冻床上安放，头天发了讣告，第二天下午遗体告别，一切紧张有序地进行。黄水秋不想拖延，张东成躺在那里，总让她心生不安。张东成像是躺给她看。吃中午饭的时候，右上腹的剧痛一次次袭来，黄水秋又晕倒了。大家以为她是悲伤过度所致，也算挽回点丧夫的面子。老公死了，还能不伤心落泪，哭个死去活来。

到了下午，黄水秋才好好看了看张东成那张脸。冷冰冰地，好像还活着。脖子处是缝上的，下巴朝下，大脑门也就显得更大了，几乎占去了半张脸。嘴巴紧闭，再也无话可说了。也是吊诡，脑袋上没什么伤，就这么身首异处了。黄水秋久久凝视，看不够似的，只是傻愣愣地站在遗体旁。

张东成那边的亲戚也来了不少，有喊舅舅的，也有喊叔叔的，哭成一片。他父母早亡，这也是当时黄水秋想都没想就嫁给他的原因之一。她不喜欢上有高堂，指手画脚。张东成的大哥来了，刚想要耍威风，被黄水秋拿眼睛一乜，便也就偃旗息鼓了。黄水秋说一切从简，什么法事也不做。有人劝她，说这样的死是要超度超度的。黄水秋不喜欢和尚道士，有人说那就请基督教牧师，她也拒绝了。黄水秋想早点结束，一刻也等不得，一分一秒都是煎熬。她怕自己死在葬礼上。一旦死在葬礼上，那可真是个大笑话了。她知道别人怎么看她。站在遗体旁，向四周随便扫视一下，就能发现一双双偷看她的眼睛，都在说，是你，就是你干的。

欢欢不想见张东成，没和遗体告别。他坐在地上，正听那些人唱《咸水歌》呢。一唱一和，欢欢听得入了迷。他也要披麻戴孝的，白衣披在他身上，模样乖张，让人想笑。那些外人交头接耳，议论欢欢，说他很不像话。继续说下去，渐渐将谈话的焦点转移到不哭一声的黄水秋身上了。

来了几个张东成的朋友。他们循序渐进，一个比一个哀恸。其中有个女的颇为引人注目。那人一身素服，飘然而入，眼含热泪。她混在那群人中间，拿眼睛不住地瞥黄水秋。黄水秋一看就猜出了究竟。听说过此人，但从未见过。那个女人突然出现在黄水秋面前，楚楚地说："能不能让我再为张先生守一天灵。"黄水秋愣住了，面对这样的突然袭击，一时没反应过来。站在旁边的阿飞问："你是谁？"那个女人不说话，仍旧目光楚楚地注视着黄水秋。黄水秋鬼使神差竟答应了，连自己也没想到会这么坚决。于是和所有人说推迟一天，火化时间推迟到明天上午十点。

夜里十点多，不少人偷偷溜走了，人越来越少。趁着上厕所，便溜之大吉。喊舅舅和喊叔叔的都不见了。这一点正中欢欢下怀。

欢欢也溜走了，不见踪影。灵堂之上，只剩黄水秋和那个女人。

黄水秋一天没好好吃饭。右上腹的疼痛从未停止。如果这样苦撑下去，怕是坚持不到天明。她决定将灵堂留给那个女人，让她一个人在此守灵。正准备溜走时，被那个女人喝住了，想和黄水秋聊几句。黄水秋耐心等着，知道她早晚会说些什么。来这里，不只是守一夜的灵。直到深夜，这人才肯张嘴。要钱还是要物，悉听尊便。

那个女人恶狠狠来了第一句："是你杀了他。"

黄水秋不理她，折身向外走。她应该早点离开灵堂。真害怕张东成在供桌后面一跃而起，两个人对付她一个人。她想快点走。那个女人拽住她，不让她走，继续说："你不要走。你不能走。"

黄水秋一下子来了劲头，想和她斗斗，说："他是我害死的，你也把我杀了吧，来，来，这有一把刀子。"说完竟真拿出一把水果刀来，并交给那个女人。

那个女人拿着水果刀，无所适从。刀尖指着黄水秋。

灵堂上又起了一阵怪风，吹得挽联哗啦啦响。那女人扑通一声跪在灵前号啕大哭。

黄水秋兀自站着，看着她尽情表演。她将水果刀扔在地上。

黄水秋大喝一声："把刀子捡起来。"

那个女人只好又捡起那把刀子，说："他不是意外，他是自杀。"

黄水秋冷笑，说："你来就是为了告诉我，他是自杀，而不是意外。你见过这样去自杀的人吗？"

那个女人没想到黄水秋还这么平静。她也许是想激怒她。面对黄水秋的平静，她倒有些怯了，说："那他为什么老是和我说，他可能活不久了。一个男人被一个女人逼成这样。"

黄水秋说："你是他的谁？你怎么知道不是他逼我。"

那个女人一下子泄了气，不知为何突然泄了气，说："我想看他一眼，也想看看你，究竟是什么样的女人。你和我想象中一点也不一样。来之前我以为你是——"

黄水秋问："是什么？"

那个女人说："没想到这么弱不禁风。"

黄水秋说："他怎么说我？"

那个女人说："他说你在跟踪他，他说你想杀了他。他说你是个说到做到的人，而且心狠手辣。我以为你一脸凶相。他给我看过你的照片，照片上就是一脸凶相。见到你本人，和照片一点也不一样。"

黄水秋说："你也和我想象中的不一样。你要钱么，我给你。"

那个女人说："去你的臭钱吧。我是来鸣不平的。你连为他守一夜的灵都做不到。你走吧，我来守。他们说他死的时候，你正在甲天下鬼混，老不正经。"

黄水秋想笑，竟然被张东成另外一个女人骂老不正经。她说："我把他交给你了。"折身要走。

那个女人还不放过黄水秋，让她别走。她扯住她的衣服，后来才说："我怕，求你陪我再聊一会。"

这么一说，黄水秋笑出来了。世界没她想象的那么坚硬。她倒是有点喜欢这个女的。她也想和她说说心里话。她的目光越过灵堂，落在张东成的灵床上。她想让张东成好好看看，还有两个女人为他守灵，也不枉此生。

黄水秋问她有什么好怕的，有张东成在。这么一说，那些挽联又在哗啦啦响。

那个女人说："我不怕张东成。我怕殡仪馆。"说完向门外看。门口挂着一盏灯，灯影摇曳，和灵堂上的灯相比，就黑暗很多，也是因为它亮在暗处。门外是整个院子的黑，对于它来说有点亮不过来。灯下有黑影，晃来晃去。

那个女人继续说："我想说说他。我敢说，我和他在一起的时间比你长。你是个干大事的女人。我不一样，我就是个家庭妇女。你知道我是干什么的么？我是个按摩师，我们是在养生馆里认识的。"

黄水秋说："我不想听。"

那个女人一脸窘态，说："你还是听听吧。我不光说给你听，我也说给他听。阿成呀，你在听吧。"她喊阿成，让黄水秋感到恶心。本来就想作呕，她有些忍不住了。

黄水秋还是想走。她靠在供桌的一条腿上，感觉随时会晕倒下去。阿飞在门外催她，不停地摁喇叭。黄水秋听来，一阵阵喇叭声缥缈恍惚。

那个女人一直在讲她和张东成的故事，好像那是昨天刚刚发生过的事情。那个女人问黄水秋，问她知道张东成见她第一面，他是怎么说的。黄水秋说：“我怎么知道。”那个女人说：“要是我不说，你永远不会知道。他说，我很像你。”

黄水秋一脸鄙夷地笑，说：“他和很多女人都这么说。”

那些挽联又是一阵呼啦啦响。

黄水秋接着说：“你说的那些，我一点兴趣也没有。你想想，一个快要死的人，对什么有兴趣。什么爱恨情仇，统统见鬼去吧。我就是想安静一会。我要是有半分力气，早就让你住嘴了。对这个世界来说，我就剩一点点责任了，我要干完我该干的事。”

阿飞等不及了。在门口站着，见黄水秋缩在供桌旁，怕是支持不住了。疾跑几步，过来扶起她，向外拖，把黄水秋拖上了越野车。

10

阿飞要带黄水秋去医院，黄水秋想都不想就拒绝了。她知道一旦进了医院，再也出不来了，会像大哥二哥似的，像条鱼似地大起肚子，很快死去。她只是不想那么快，能拖一天是一天。她还没去越南下龙湾，有不少未尽的事不曾做完。

黄水秋一觉醒来，并没有想象中那么糟糕，甚至比头两天还要好。面对镜子里的自己，好好端详，除了一如既往的瘦，并没发现有什么异样。颧骨下竟有一丝不易察觉的血色，黄水秋又活过来了。她反复研究自己那张脸，后来就在耳后发现了一颗黑痣。和阿春一样的黑痣。把她吓坏了，整个人在镜子面前发抖。后来用食指不断地去摸那颗黑痣，以为那只不过是一抹不小心染的黑渍。那分明是颗黑痣，不是别的什么。像是与生俱来的，怎么也擦不去，是从皮肤里生长出来的。她还是不相信，不得不把欧晓欢从睡梦中叫醒。欢欢极不情愿，说叫魂呢。他一口正宗的北方口音，不知道从哪里学的。黄水秋喜欢儿子在屋子里抱怨，趿拉着拖鞋晃鬼似的在房间里转悠也是生机勃勃的。艾米因此醒了，一身睡衣倚在门框，妩媚性感。内衣也不穿，乳头若隐若现。她是那种让男人过目不忘的女人。这样一来，反倒像个家了。黄水秋有些恍惚。这个家从来都是支离破碎的。艾米就那样略微挑逗地倚着门框一站，就是一个家了。这大概是她黄水秋期望中的生活吧。

见艾米那样站着，欧晓欢也那样站着，比艾米还要妖娆，一脸的风情万种。黄水秋气不过，大喊了一声，让两个人过来看看她的耳后，是不是长了一颗黑痣。欢欢还在表演风情万种，说："长了黑痣，有什么大惊小怪的。"说完扭捏作态，一步三摇走过来。艾米早就冲过来了。三个人在阳台上开始研究那颗黑痣。

欢欢不以为然，说黑痣有什么大不了的。

艾米说："你和阿春一模一样了。"这一句让黄水秋感到心惊。

早晨八点钟的太阳，也从楼群里脱颖而出，普照大地了。

欢欢和艾米像是天生一对，一见倾心，话还没说完就避开了黄水秋，留她一个人在阳台上发呆。黄水秋笑着，在阳光下笑，手指不停地抚摸那颗黑痣，就像抚摸那些童年的时光。阿春渐渐侵占了她，最后连这副皮囊也不放过。她在示威，那颗痣就是来告诉黄水秋，谁赢谁输还说不定呢。

十点钟是张东成遗体火化的时间，还有两个小时。黄水秋想暂时把这颗黑痣忘掉。她想找个人说说话，这样会让她沉浸在现实生活中，会有所安慰。欢欢和艾米把房间的门也关上了。她敲了敲门。

两个人见她进来，问她有什么事么。黄水秋说没什么事，又问他们在聊什么。欢欢说："在你进来之前，我们在讨论变性手术。"艾米有点窘，说："我们只是在谈论。"这一句更显得欲盖弥彰了。

黄水秋有点绷不住了，一脚踢在门上。门被踢了一脚，砰的一声关上了。房间里的三个人面面相觑。黄水秋吼道："你究竟想干什么，你是不是想要把我气死？我告诉你，你不气我，我也快死了，我活不了几天了。"说完撩起自己的衣服，肚子微隆，随着呼吸起伏个不停。她感到一阵风穿过了她的身体，这阵风从那个中空的洞穿过。黄水秋意识到这阵怪风大概又和黄水春有关。她无比厌倦，一切都和她的阴魂不散有关。她对着欧晓欢大吼，就像在对不存在的黄水春大吼。

"你就是想让我早点死，你就是想让我早点死，死了就遂了你们的心。你们和张东成没什么两样，你们都给我滚。"说到张东成，她就停下来，唉声叹气。

这一点也不像她。她总是理性又富有耐心，对很多事情都有自己清晰的判断和独立的见解。像个泼妇似的一喊，让她更像个渔家女人。喊出来竟感到通体舒畅，微隆的肚子也似乎缩了进去。艾米为此感到震惊，目光闪烁，可以看得出她兴奋不已。

欧晓欢也不回应，只是低头沉思。两个人的战场从卧室搬到了客厅。欧晓欢端坐在沙发上。他在等待，等黄水秋冷静下来。依他看，黄水秋很快会冷静下来，想要语重心长了，也就是说黄水秋正如欧晓欢所料，没想到先语重心长的人是欧晓欢。

欧晓欢徐徐地说："昨天晚上我和艾米这么说，她很理解我。她说她也有这样的朋友。我早就想和你谈谈这个事情了。有些东西是天生注定的。不知道是谁不小心弄错了，当然我指的不一定是上帝。生活就像是个玩笑，我想你比我更懂，就像你早上发现的那颗黑痣。没人知道为什么会凭空长出那颗黑痣，让你和那个不知道从哪里冒出来的阿春一模一样了。有了这颗黑痣，才让你想起她。这是个暗示。艾米就是我的暗示，她说了不少话。但有一句话我是记得的，她说让生活回到原来的样子。这句话点醒了我，因此，我不想隐瞒了。你该好好想想，原来是个什么样子了。"

黄水秋想不出该怎么和他谈下去，拿一支烟抽，面对着爬进来的阳光，不出声。有人打电话来，催她，说人都在殡仪馆等着呢，她不来，没办法火化遗体。她恶狠狠地甩手走了，出门前死死盯着欧晓欢，看他什么反应。他像是早就料到了一切，表情一如既往的平静，像是和这个世界说，我就是这个样子，看你们拿我怎么办。出了门，黄水秋也在念叨艾米的话，让生活回到原来的样子。

到了殡仪馆，黄水秋发现昨晚那个女人不见了。她问了问值班人员，昨晚那个女人什么时候走的。值班人员摇头，不知道。他像是什么都不知道。在殡仪馆待久了的人总感觉怪怪的，也许是那些死人魂灵赋予了他们俯视众生的能力。这让黄水秋想起另外一个人来，是火葬场的办事人员，有过一面之缘。忘了是谁的婚礼，刚好坐一桌，他说是火葬场的，引来不少人唏嘘。后来这些人就想躲着他，可他偏偏喜欢说话，说火葬场的故事，在人家婚礼的酒席上说那些不为人知的怪事。谁结婚倒是忘了，那人说过的话，黄水秋倒是时常想起。张东成的尸体被装上运尸车的一刹那，黄水秋又想起那人的话来。说要是有亲属让他看着不顺眼，诸如不孝顺，言辞不敬，或者没送什么礼之类的，他就会给他们一些别人的骨灰，甚至不是人的。他说他们火葬场有时也烧一些狗猫什么的，也就是说那些亲属收拾回去的骨灰很可能是别人的，或者连人都不是。到了火葬场，黄水秋见到了那个人。那人不记得她了，只是闷头做事。黄水秋想套套近乎，或者送点钱什么的。火葬场无处不弥漫的一股怪味让她放弃了。说是绝望，不如说是唤醒，有时愈发绝望，人就愈显得清醒，好像脑部的诸多神经被绝望极大地调动起来了。她眼睁睁看着张东成的尸身被推进焚烧炉。焚烧炉看似铜墙铁壁，说白了就是一堆废铜烂铁。就像人，站起来是个人，躺下去就是一副皮囊。烧了也就烧了，人死如灯灭。因此拿回来谁的骨灰，又有什么不同。无非是灰白的骨灰，只是灰白而已。她一点也不奢望，死后会进入另一扇门。她想那应该是一种坠落，无限坠落，或者连坠落也没有，只是一片巨大的无。

她想出去透透气。转过火葬场的一处池塘，池塘后面还养了几头肥猪。猪一见人来，一下子兴奋了，凑过来乱拱一气。这些勃勃生机恰恰就在火葬场，让她想到关于生命和轮回，想起关明山的话来。他说他什么都信。

这时远远有人喊黄水秋，说是有人找，正在火葬场门口。

她穿过悠长的走廊，没想到火葬场也有这样闲庭信步的地方，还有些盆景和野花，野花开得浓烈，什么颜色的都有，相互簇拥着。她摘了一朵，闻了闻，又将这朵花揉进拳头里，将它捏了个稀巴烂。再见，张东成。他已经化成一撮灰白了，就像手里的那朵花也稀巴烂了。一切都将变成灰白，一切都将被生活捏个稀巴烂。她抬眼一看，火葬场门口停着一辆警车，有个警官在等她。

在说话之前，黄水秋和那个警官早就有了眼神交流。她知道怎么回事，可她不知道是谁诬告了她，难道是昨晚那个女人。她初步判断，不是她。可最近她总是看错人，人就像洋葱一样，必须一层层剥下去才能看透。谁又能说得清呢。她联想到关明山，突然脊背发凉，感觉全世界都在算计她。

警官说想和她谈谈，不过要回警局谈一谈。警官为了让她相信，还出具了一张拘传证明，上有黄水秋的名字。黄水秋一眼也没看，她说那就谈吧。车里还有个警官开了车门，堂而皇之地走出来，像是认识黄水秋。一口一个黄总，说他们也没办法，只是找她随便谈一谈，让她别担心。黄水秋想也没想就上了警车，透过警车玻璃看火葬场，更是恍若隔世。

11

面前有三个人，正中央的是个头儿。他说认识黄水秋。她依稀记得，不过仍旧摇头，像是故意给他难堪。套近乎挺没劲的，她一点也不想套近乎。

那个头儿说：“我姓韦。可以喊我韦警官，当然喊我小韦也可以。我也是个侨民，我爸妈是从下龙湾来的。”

黄水秋冷冷地说：“你好。”一句你好，大概让韦警官有点吃惊。就是说，他以为黄水秋会表现得分外热情。

眼前的韦警官一点也不像警察，或者说她很少和警察打交道，也不清楚警察该长什么样子。他的脸毫无特色，也没什么像样的表情，笑也是皮笑肉不笑，眼睛躲在眼镜后面闪烁。据黄水秋判断，这样的人通常很执着，不撞南墙不死心。她算是遇上个好对手，索性两只手摊开，随他们便。

韦警官说："有人举报说，张东成不是死于意外，而是死于他杀。"

黄水秋说："你们是在怀疑我。"

韦警官说："有一些证据，对您不利。"

黄水秋说："是不是那阵怪风，是我一口气吹出来的。"

韦警官说："您这么说我们也不信。我想听您谈谈张东成这个人，尽量心平气和一点，有什么说什么。据我个人了解，你们感情好像一直不是太好。"

黄水秋说："没错。我想杀了他。他要不是死于这场意外，我想我会杀了他。很可能是同归于尽，比如我们坐在同一辆汽车里，一直往前开，一直把汽车开进大海里。"

韦警官说："您这么恨他。"

黄水秋说："我就看不得他高兴。你有没有过那种感觉，比如你老婆。她一高兴，你就不高兴了，她高兴就是为了气你。她越高兴，你越生气。你有过那种感觉么，当然那个人不一定就是你老婆。对了，我能抽烟么？"

韦警官点点头，说："我还没结婚。"

黄水秋说："结了婚，你就知道了。"

韦警官说："我有女朋友了，不过我没你那种感觉。她高兴，我就高兴。我高兴，她就高兴。"

黄水秋继续说："结了婚，你就知道了。"

韦警官说："你想杀了他，他就真死了。"

黄水秋笑了笑，说："不用和我来这一套。你这点小伎俩，还是省省吧。我是想杀了他，可我和他的死一点关系也没有。他突然死了，让我很难堪。我所有的计划都泡汤了。我没来得及出手，他就死了。有人说，这不正中下怀么。其实不是，我反而很伤心，不知道你懂不懂。对了，你有想杀人的时候吗？我相信你也有，是人都有。在这个世上活着，谁也不容易。”

韦警官说：“您的经历是人人称道的。没人不知道您，您是我们侨民的骄傲。小时候，我也是听着您的故事长大的。您本身就是个传奇。在这里和您相见，并且谈一谈，也是我不想见到的。可是平常，您也不会正眼瞧我们的。”

黄水秋说：“什么传奇。我不信这个。我就问你，有没有想过杀人。”

韦警官说：“有，比如现在。”

黄水秋哈哈笑起来，因剧烈地笑，又引来右上腹的阵痛。

韦警官嘴角抽动，和旁边的女预审员相视一眼，说：“不过我还是不懂，您为什么想杀了他。”

黄水秋说：“你想明白了又怎样，和这个案子一点关系也没有。你们想把我变成个杀人犯，不需要如此费尽周折。”

韦警官说：“你老公出事的那天下午你在干什么？”

黄水秋说：“你们早就知道了，对吧。知道了还要问我。”

韦警官说：“我们想确认一下，您那天究竟在干什么？”

黄水秋说：“我在甲天下会所唱歌。”

韦警官说：“和什么人在一起？”

黄水秋如实回答，说是和阿飞。韦警官又问：“你们除了唱歌，还干了些什么？”

说到这里，黄水秋想到那个西贡男孩，想起他来，还能感到自己的臀部，被他猛烈撞击过。她心里涌起一阵悸动。她对性始终没什么强烈的兴趣，甚至一度觉得脏兮兮的。比如张东成伏在她身上，她很想一次次一把推开。恰就在这一刻，在这个审讯室里，让她重新想起了西贡男孩，竟感到性的无穷美妙。这样的渴望让她变得谨慎起来，她要好好对付这些人。

黄水秋说：“我干了什么，和张东成的死有关系么？”

韦警官说：“别人说，你正在和一个年轻人做爱，是真的么？”他说起做爱来，瞬间变得恶狠狠的了，像是做爱这两个字必须恶狠狠地说出来。

黄水秋死不承认。

韦警官说：“我再问您一遍，您是不是和一个年轻人做过爱。张东成死的那天下午，您却和别人干那种事。您不感到愧疚么？而且据知情人透露，您已经知道了他的死，是知道了他的死后，才和那个年轻人做爱的，是不是这样？”他变得咄咄逼人了。眼镜不时闪现一丝冷光，他像是早就预料到了会有这么一刻。因这一刻的到来，他激动不已，而且还强忍着。黄水秋看到他的喉结正在不安地抖动。

黄水秋说：“是的，没错。”

韦警官看了下手机，说：“那个女的醒过来了，一切终将分晓。”黄水秋不知道他说的是哪个女的。看来这次讯问也要草草收场了。韦警官早就按捺不住了，想要急着离开。离开前，给身边的人随意交代了两句，并冷眼看了黄水秋一眼。他像是挺恨她的，黄水秋能感到那一股子恨意。风情街上不少人都是恨她的。

韦警官走了，只剩下那个预审员，是个女的。她示意黄水秋跟她走，说是让她休息一下，喝杯水。她可能要被关上一阵子了。黄水秋透过某个半开的门，竟然看见了阿飞。阿飞也正向外看。四目相对，像是隔着重重迷雾。黄水秋停下了，想看得更为专注一点。其实她早就猜出来那个诬告她的人是阿飞，她只是不相信。

在这世上找到一个像阿飞似的女人并没那么容易。她是那种让人一眼就能记住的人。不过黄水秋还想仔细确定一下，那个人究竟是不是阿飞，这对她来说异常重要。阿飞也发现了黄水秋，不过很快低下了头。起初黄水秋是一只手靠在墙上，接着就是两只手，后来连脑袋也触到墙上了。她还是拼命站着，像是这样坚持一下，那个人就不是阿飞了。她站成了一个直角的斜线。一切没那么简单，从一开始，黄水秋就陷入了重重包围。她在瑟瑟发抖，不仅仅是右上腹袭来的那阵绞痛。她有种被粉碎的感觉，从头到脚。她昏了过去。

12

黄水秋醒来，是白茫茫的一片。她以为正从一个梦，又掉进另一个梦的陷阱。她想尽早醒来。墙壁、窗帘、电视和头顶上的液体，正在说明她正躺在一张病床上。像大哥二哥似的，一旦躺下去，就没再站起来。她要起身，想要站起来。她被身边的关明山喝止住，让她好好躺着。没想到眼前的男人竟是关明山。

黄水秋说："你怎么在这里？"

关明山说："我来看看你。你也可以问问你自己，为什么在这里。"

黄水秋说："我为什么在这里？"

关明山说："你的事可能有点棘手。"

黄水秋说："你全知道了。"

关明山点头。目光温和，和头顶上的白炽灯有着鲜明的反差。黄水秋最怕医院天花板上的白炽灯管。她的两个哥哥均死在这样的灯下。

黄水秋说："我要回家。我必须回家。"

关明山说："你可能暂时回不去了。如你所料，你病得不轻，而且可能还会有人监视。"

黄水秋说："他们说张东成是我杀的，你信么？是不是你也觉得他是我杀的。"

关明山说："是不是你杀的，我并不关心。更重要的是，我是否相信，对你并没什么意义。"

黄水秋说："你来只是为了看看我么，还是觉得我挺可怜的，想拉我一把。"

关明山说："都不是。我是来和你谈生意的。早说过，我是个生意人。你也是。只有生意，让我觉得我还活着。记得上次我和你说过，下次见面就要谈生意了。"

黄水秋说："又如你所料，对么？你早猜到了，我们会这样见面。我真该早认识你。"

关明山说："我倒觉得，正是时候。就像做菜，什么时候放盐，是很讲究的。我放得刚刚好。我该出现的时候，才会出现。"

黄水秋说："我这样躺着和你谈生意，算不算乘人之危。"

关明山说："你也可以选择不谈。我只是和你商量。不过我觉得你想谈，我才来的。而且我有话对你说。不只是生意。我们是好朋友。一见到你，我就觉得我们可以是好朋友。我要是还行的话，兴许还会和你发生点什么。"

黄水秋说："什么意思？"

关明山说："我硬不起来了，我完蛋了，不过你也快完蛋了。我这么坐着，其实很欣慰。有点同是天涯沦落人的感觉。"

黄水秋说："我想喝口水。"

关明山慌忙给她递了一杯水。她像是很久没喝水了，喝得急，呛到了。连续咳嗽，关明山给她拍背。黄水秋看了关明山一眼，意味深长。

黄水秋说："你给我指条路吧。"

关明山说："我又不是神仙，不会指路。"

黄水秋说："我没力气开玩笑了。"

关明山说："阿飞是你什么人，她为什么这么恨你？我们第一次见面的时候，和你一起来的那个人就是阿飞吧。我对她印象不好。她是你什么人，为什么要置你于死地？"

黄水秋说："我也不知道，我开始怀疑这是不是真的。她是我大哥的女儿，不是亲生的。当年我们在海上救了她，他们家的船遭抢了，那时候海上到处都是趁火打劫的人。我还记得她那双小眼睛。她被我大哥收养了。"

关明山说："这是恩将仇报。我有必要告诉你一个不好的消息，那就是和张东成一起遇祸的那个女的，醒过来了，说了对你不利的话。她说听了你的指使，还说你许诺了不少钱。我猜想，也和阿飞有关。"

黄水秋说："你是不是也觉得是我干的。"

关明山说："我在想，如果是阿飞干的，她怎么能确定这个女的会不会死。也就是说，这个雇凶杀人的人，是没想让这个女人活下去的。没想到她命大，没死成。"

黄水秋说："那你有没有想过，她既然没有死成，不更好么。为什么又反咬我一口，对她有什么好处？"

关明山说："我只是想让你更清楚现在的局势。我是来谈生意的，不是来猜硬币的。我给你办理了保外就医，是想让你有更多的时间思考。我的意思是，你现在所面临的情况确实很棘手。"

黄水秋说："你给我出个主意吧。"

关明山说："要是我的话，可能不会轻易善罢甘休。不管我有没有杀人，这和杀人没关系，我都会对付阿飞的。我讨厌恩将仇报的人。对这样的人，必须除之而后快。”

黄水秋说：“你想和我谈什么生意，怎么谈？”

关明山说：“我想要你的酒店和你那家渔业公司，当然最好是全部。也就是说，我想入驻你的产业。你不是要钱吗，我让你的一切变现，而且是美金。”

关明山继续说：“我刚从法国普罗旺斯回来，在那里转了一圈。我知道我该做什么了。我从法国回来，我就找到了你。我想建个天空之城，在罐头岭上面。想想我就直起鸡皮疙瘩。你看看，我胳膊上的鸡皮疙瘩。为此，我不惜一切代价。”

黄水秋说：“我要是不同意呢？”

关明山说：“我的感觉是，你不会不同意。你现在需要钱。”

黄水秋说：“螳螂捕蝉，黄雀在后。”

关明山笑了，说：“真正的黄雀是阿飞。不是我。”

黄水秋说：“你才是最后的赢家。”

关明山说：“你的意思是，你同意了。”

黄水秋说：“我没有不同意的理由。”

关明山说：“我猜到了，你想一走了之，对吧？”

黄水秋说：“买卖这么大，你还这么平静。我小看你了。”

关明山说：“我还可以帮你做件事。”

黄水秋说：“除掉阿飞。”

关明山说：“你真聪明。”

黄水秋说："算是生意谈成后赠送的福利。"

关明山说："和生意没关系。我最讨厌白眼狼，这算是路见不平拔刀相助。"

黄水秋说："临走之前，你可以把她交给我。我不会对她怎么样，我就想问问，她是怎么想的。"

关明山说："一言为定。"说完拍了下黄水秋的手背。黄水秋反手抓住关明山的手。接下来十指相扣。关明山显得有些尴尬，另一只手又伸过来。关明山目光闪烁，说让她放心。

关明山沉默了一阵，还是无声地走了。病房里冷清下来。黄水秋不想躺着，在病房里转悠。她想到死，就想笑。想起鸽子蛋险峰，面对窗外霓虹，像是早就站在那里了。只要一抬脚，就可以像阿春似地一跃而下了。

13

从医院出来，黄水秋上了关明山的那辆黑色别克商务车。路灯亮着，风景在变幻，像是正在历数一年又一年。在去地角码头的路上，关明山问她要回家看看么？黄水秋摇了摇头，看向车窗外，兀自发呆。关明山想要安慰她，以为她在掉眼泪。没想到她一回头，就是个笑脸。和一张笑脸撞了个满怀，是关明山始料未及的。

黄水秋说了一句："我正在回家。"

他们在商务车的后座上紧紧挨着。车里除了一直看路的司机之外，只有他们两个人。黄水秋希望这段时间无限拉长。他们的手指最初在座椅上像虫子似地爬，玩游戏似地触碰在一起，并紧紧相扣。关明山像孩子似的，用小指挠她的手心。她知道他在安慰她。她却说：“你得逞了，你很得意对么？！”

关明山嘿嘿一笑，说：“是你得逞了。”

黄水秋说：“我输得一塌糊涂，你却说我得逞了。”

关明山说：“输赢谁又能说得清呢。”

黄水秋说：“我需要你的时候，你就出现了。”

关明山说：“我也是这样想的。”

黄水秋不说话了。她扭头看窗外。关明山搂住了她。

这时候，黄水秋在想这一切要是阴谋，她该怎么办？连关明山的小手指也是阴谋，她该怎么办？她开始摸自己肚子的隆起，似乎摸到了空洞的边缘。

黄水秋扭头回来，又迎上了黑暗里关明山的一张脸。她还是有些心惊肉跳。这是个陌生人，陌生男人。她正在他的怀里。

黄水秋徐徐说起了那个梦，像是这个梦能让眼前的男人变得熟悉起来。

她说：“我说过我讨厌雪。我撒了谎，我喜欢雪，去雪城之前我从没见过雪。那一天雪城就下起了飞雪，我却做了中枪的梦，梦见了自己被一分为二了，像个空心人。那一枪别提多真实了，有子弹穿过我的清晰感受。太阳之下是白茫茫的海，你知道吗，海是白的，一切都像是回到了从前。我感觉这个世界因为这个梦全乱了。一切都是因为这个梦。”

关明山说：“海为什么是白的？”

黄水秋说：“太阳很大很亮，就在头顶上。”

关明山竟呜咽起来。黄水秋先是一惊，接着就反手搂住关明山。他迅速像个小孩似地蜷缩在她怀里。黄水秋对他的所有质疑就在这一刻突然烟消云散了。人人都有个牢笼。她也不想问他究竟为什么。

码头到了，车子慢下来。

黄水秋说：“围着鱼嘴镇再转一圈吧。”

就在几个小时前，黄水秋和阿飞匆匆见过一面，是关明山促成的。见过了阿飞，黄水秋才决定走的。她要去鸽子蛋看看阿春，或者只是去更远的海上，她还没想好。

情况是这样的，阿飞被关明山的人突袭，她这两天也是极为谨慎，大门不出二门不迈，不过还是被关明山的人抓住了机会。阿飞被迫上了车，一行人便直奔医院。见到黄水秋后，她像个准备就义的烈士，横着脖子，一副要杀要剐都不怕的样子。阿飞大概没想到半路会杀出个关明山。黄水秋怎么会和东北人联手，这出乎她的意料。据她了解，黄水秋恨东北人，也从不和他们打交道。

也许是为了给自己更多的信心，阿飞变得极度狂躁，大声叫喊，说关明山他们手段下流，又问他们究竟想要干什么。

阿飞抱着头蹲了下去，瘫在地上。她不习惯被这些眼睛盯着。病房里只剩黄水秋和阿飞两个人。

她们之间有这样的对话。

黄水秋问："为什么？"

阿飞说："明知故问。"

黄水秋问："为钱？"

阿飞说："不为钱。"

黄水秋说："没想到会是你。"

阿飞说："是你杀了他，我确信，但我还没找到证据。"

黄水秋说："想知道你和那个女人是怎么串通好的。"

阿飞说："为什么要告诉你。"

黄水秋说："为什么这么对我？"

阿飞说："你是骗子、凶手、刽子手。假仁假义，都是骗子。你们一家人都是骗子。抢了我家的渔船，还杀了我们家里人，又把我养大，你们安了什么心？还不如那时候，就把我杀了，没必要留我一个活口。我落在你手里了，像杀张东成似的，把我也杀了吧。我不需要你们动手，我自己从楼上跳下去。我早就不想活了。我不知道自己是谁。还有你那个不要脸的大哥，偷看我洗澡。我还喊他阿爸。你看看我这张脸，我早就不想活了。"

黄水秋不说话，不知道说什么。

阿飞接着说："他们说我这半张脸，也和你们家有关。是你大嫂故意的，我还喊她阿妈。喊了那么多年。她却下狠心烧了我的脸，你们这些禽兽。我恨我自己。我早该对你们下手了。我这次回来，就是来收拾你的。有人全告诉我了，听到这些真相，我就恨不得一把火烧了你们家的房子。我一直被蒙在鼓里。我一直被蒙在鼓里。”

黄水秋喊道：“是谁说的，谁和你这么说的。我要杀了这些乱嚼舌根的人。”

阿飞说：“你去杀吧。你把全世界的人都杀光，也抹不去你们家罪恶的手。”

黄水秋说：“你听谁说的，我想知道那个人是谁。”

阿飞说：“我不会告诉你的。你什么都干得出来。对了，我想问问你，这些天我没让你看出什么马脚吧。我装得还像吧，像你的家人、侄女、伙伴、好朋友。知道是我举报了你，并且陷害了你，你很失望吧。可是，我知道，张东成就是你杀的，也就是说，那天他要不死，早晚会死在你手里。”

黄水秋从床上扑下来，跪在阿飞面前。因为阿飞蹲着，她们两个人也就直面相逢了。黄水秋抓住阿飞的胳膊，使劲摇。

黄水秋说：“你看着我，阿飞，你看着我。看着我的眼睛，你觉得我在撒谎么？我和你说过多少次，你二叔也和你说过。你觉得我们都在撒谎么？我们发现你的时候，只有你一个人，在甲板上爬来爬去。当然还有个比你大的孩子，已经死了。你还让我说多少遍。我要是撒谎，天打雷劈，全家死光光。你还让我继续发毒誓么，阿飞，你看着我。”

阿飞软下来了，说：“看着你又怎样。我成了这样的丑八怪，不是你们的错么？”

黄水秋说："我说过多少次了，那只是一次意外，谁也不知道你就在水壶旁边。是意外，我发誓。"

阿飞说："全是意外。"

黄水秋过来拥抱阿飞。阿飞猛地推开她。黄水秋继续，后来她们紧紧抱在一起。两个人一起哭。黄水秋一直不停地说："相信我，孩子，相信我，孩子。"阿飞后来平静下来，不过还是不敢和黄水秋的眼睛直视，一直躲躲闪闪。黄水秋意识到，她并不了解阿飞，甚至不了解任何人。

黄水秋当着阿飞的面，和关明山签了合同。而且写了遗嘱，死后财产分给阿飞和欢欢，一人一半。阿飞说不要，说她不缺钱。黄水秋说像她这样，最需要钱。黄水秋给了她钱，像是证明错的人是她黄水秋。为什么到最后又是她错了。对不起所有人的人竟成了她。她问关明山究竟为什么？关明山不置可否，又说起自己来了，说这么多年，他丝毫不敢在人前表现自己的优越感，好像这些从天而降的优越带着原罪，他战战兢兢地接受，比如现在，生怕再出什么差错。他说他怕黄水秋，怕她反悔。黄水秋又一次钻进关明山的怀里，用行动告诉他，没什么好怕的。

关明山沉默了一阵，还是无声地走了。病房里冷清下来。黄水秋不想躺着，在病房里转悠。她想到死，就想笑。突然传来一阵吵闹，陈宏昌冲了进来。他血红的眼睛，像一只发情的兔子。他不容分辩，就直逼过来。他还瘸着一条腿，拄一副拐，走得很急。拐杖哒哒哒敲着地板，像一声声叩问。陈宏昌和人说话，喜欢凑到眼前来。生怕黄水秋听不见。他说："救救我，救救我家阿光。他杀人了。救救他吧。他要是进了监狱，一辈子就完了。我这辈子也完了。"黄水秋让他坐下来好好说。

黄水秋说："早就和你说过，他迟早会惹上大祸。烧我家汽车的时候，我是怎么和你说的。他现在哪里？"

陈宏昌说："我让他躲起来了。鱼嘴镇只有你能救他。救救他吧。看在我救过你一命的面子上。一命换一命。求求你。"

黄水秋说："我现在自己都自身难保了，怎么救他。"

陈宏昌老泪纵横，说："我不信你杀了人。我可以给你作证，你不可能杀张东成。黄水秋是个什么样的人，没有比我更清楚的了。"

黄水秋说："我是什么人，你说说。"

陈宏昌说："你是一个好人。"

黄水秋说："鱼嘴镇只有你一个人不相信是我杀了张东成，而且还说我是个好人。只有你陈宏昌。来，抽支烟。"

陈宏昌猛吸了两口，整个人很快飘飘欲仙了，像是突然想起什么来，忙问："你是不是有办法了？"

黄水秋徐徐吐出一口烟，说："有办法了。"

陈宏昌说："快说。"

第二部

1

从渔船上下来，阿光就瞧见了那匹老马。香蕉树的叶子遮住了马儿的前半身。阿光恨不得宰了它。关于怎么杀，他还没想出像样的主意来。背后就是那片海，灰扑扑的，像是块旧抹布。阿光走起路来，弯腰向前，像是随时要对别人下手。他走过来了，身形越来越大，那片海就显得小了。阿光真像一头熊，脑袋紧紧缩着，两个胳膊因为放大的胸腔，向外张着。

这些天沙滩上人少，更没什么人和那匹可怜的老马合影，陈宏昌也就没什么生意，一个人蹲在香蕉树下面，悠悠地唱咸水歌，这是他们渔民在海上唱的歌，他也许根本不知道自己在唱什么，可是对他来说就像是与生俱来。

阿光和陈宏昌狭路相逢了，哪像什么父子。陈宏昌喊道："你这个野仔。"连他也喊阿光野仔。

陈宏昌明显老了，一张脸像是被日子拉长了，和那匹马竟有几分神似。阿光瞥了一眼，踢了一脚马屁股，没说话就走了。马儿也没动，像是早就习惯了阿光会来这么一脚，一口气吹在沙滩上，吹了个螃蟹大的沙坑来。马儿来到海滩上，总有些怪模怪样，也只有陈宏昌能想出这样的馊主意。这匹老马挣扎着要站起来，努了努身子，又放弃了，一脑袋歪在沙滩上。

阿光去找李威克了。关于李威克这个人，他也是看不起的。让他看上眼的人真是少得可怜。可是除了李威克，他又能找谁呢。一路上，他遇见好几个熟人，装作没看见就过去了。他烦透了，见到垃圾桶就想踢上一脚。这条街脏兮兮的，不下雨也总似下过雨的样子。一些运送海鲜的卡车来来往往，一路滴滴答答，街上到处都是小水洼。

过了红棉路，左转再左转，就到了李威克的家。这些楼房如出一辙，牛屎风干了的样子。陈宏昌和他说过，说这条街的来历，说他们如何在海上漂来，说九死一生。阿光想到这里，就变得咬牙切齿了，恨不得早生二十年，经历那一切。

二楼的李威克探个脑袋出来，喊他。这家伙似乎对什么都有兴趣，可对什么又都拿不定主意。世上要是没有阿光，李威克还真不知道下一步该怎么办。

阿光上了楼。李威克兴冲冲地说："你知道今年是哪一年吗，2012年。"

阿光笑了，看了看李威克的外婆。他的外婆很老了，远远看着像榕树的树干。她在阳台上晒太阳，半眯着眼像是随时一歪脑袋就死掉。

阿光说：“2012年怎么了，和2011年，2010年有什么不一样么？”

李威克说：“当然不一样了。”

这家伙有一双栗色的眼睛，鼻梁高挺，不像他们这些渔家人。人都说他是那个法国人阿朗德的儿子。阿光问：“有什么不一样？”李威克笑了笑说：“世界末日来了，他们说的。”

外婆突然活过来了，看了看左侧的三婆婆神像，让他们别乱说话，头顶三尺有神灵。三婆婆高高在上，面前有几只残香，香炉屑就要溢出来了。

说起世界末日来，李威克神采奕奕，脸上也有了久违的光泽。

阿光说：“你听谁说的？”

李威克说：“我听教堂的人说的。”

阿光说：“那你打算怎么办？”

李威克说：“那还能怎么办，要死一块死。”

阿光说：“要是我，就去干一件坏事，大坏事，吓他们所有人一跳。”

李威克说：“你不是准备杀了那匹老马吗？”这么一说，连李威克也要磨刀霍霍了。

李威克穿上花衬衫，准备和阿光出去乱晃。阿光脖子上永远挂着望远镜，那是他的随身武器。他会不经意对准某个窗口。

太阳一出来，天就光亮得吓人，这个地方像是离太阳特别近，一切都闪着白光。他们俩点上烟，一起抬头看了看天。

李威克说："有没有发现和原来不一样。"

阿光说："有什么不一样？"李威克说："太阳像是假的。"

阿光懒得再和他说太阳了，想说说李威克挨揍的事。他说："黑鬼强有没有找你麻烦。"说起这个来，李威克有些沮丧。

他们俩晃悠着出了华侨小区，这个地方很多地名都要加上"华侨"两字以显示不同。

在地角码头上转了一圈，他们又爬到"天之涯海之角"的石头上看远处的海。他们俩对着渔船吹口哨，口哨声轻易就被风吹散了。

阿光说："我要去文身，文一条大鲨鱼。"

李威克说："我要文一条比你还大的鲨鱼。"

阿光说："你为什么总是学我。"

李威克说："我也想文个鲨鱼。鲨鱼是最凶猛的动物。"

阿光说："你说要是把鳄鱼和鲨鱼放在一起，谁打得过谁。"

李威克说："鲨鱼吧。鲨鱼更厉害。张开嘴有这么大。"说完张开双臂。

阿光说："我就是想看看，鲨鱼和鳄鱼哪个厉害。你说黑鬼强和姓洪的东北人，谁更厉害？"姓洪的是个东北人，有不少马仔，做房地产中介生意，但人人都知道他们不干正事，挣了不少黑心钱。

他们去了鱼嘴镇上的文身店。黑鬼强也在店里，李威克就变得灰溜溜了，喊了声强哥转身想要走。阿光扯住他。黑鬼强五大三粗，胳膊上全是文身，曾经也是个渔民，只不过这几年不出海了。他在教堂旁边开了个棋牌室。别人说，棋牌室怎么能开在教堂边呢。黑鬼强就是不信这个邪，像是拍着胸脯要和上帝对着干。他说他倒是想要看看。

黑鬼强喝着功夫茶，不说话，有点小瞧眼前这两个卵仔。卵仔是他们这里对年轻男人的蔑称。阿光说："我要文条大鲨鱼。"说完又指了指李威克，说他也要文条大鲨鱼。这么一说，黑鬼强就乐了，笑起来就像有一座破钟在响。这家伙指了指他们，和旁边的人说，还是纹个小螃蟹吧。说完又乐了，旁边人也跟着笑。

后来他们俩还是分别文了条大鲨鱼。阿光那条鲨鱼看上去很温顺，像条海豚，竟有几分可爱。李威克就笑他，说像条海豚。阿光上来就给他一拳，他捂着肚子，说："你这个卵仔。"他们就在阳光下笑个不停。

2

阿光和李威克守在华侨中学门口。他们等得有些不耐烦了。阿光内急，躲在大榕树后面解腰带。很快出来了，他说："那个字就是被我尿没的。"李威克说："那是个什么字？"阿光说："反正是个字，管它什么字呢。"说完从垃圾桶上飞了过去。

华侨中学也有年头了，若干年前是华侨小学，学校也跟着那帮孩子一起长大。围墙上龙飞凤舞不少涂鸦，写着陈宏昌或者黄水秋之类的字，歪歪扭扭。听人说，陈宏昌刚来插班时（那时候还是华侨小学），连举个手都不敢，怕众目睽睽，后来就尿了裤子。陈宏昌十五六岁了还要读小学，像个怪物似地站在孩子们中间。很多本地同学学他们这些孩子走路的样子，摇摇摆摆，像只大海鸟。

阿光被开除后，李威克仍在学校里读书，后来被亚平村的几个家伙揍了个半死，挨揍的原因就是由于他长得和人不一样，别人骂他杂种。这些人连老师都敢打，何况是李威克。李威克因此就辍学了，又不知道接下来能干什么，好在身边有阿光，让他懒得去想。阿光总是有很多鬼主意，比如拿着望远镜，看这个世界，看船上的男女脱光了衣服跳舞。

终于放学了，那么多人挤在一起，鱼贯而出，阿光好想撒一网下去，捞鱼似地捞上来。阿光和李威克密切地注视着自学校门口涌出来的人。他们在找一个人，一个姓韦的卵仔。阿光早就想收拾他了。自从胳膊上文了条大鲨鱼，让他浑身是胆。久久不见他出来，李威克说："这个卵仔会不会从我们眼皮底下溜了。"姓韦的家伙没考上高中，读了一年初三又读了一年初三，怕是今年还考不上，接着读初三。他坐在教室后面，有时会解开腰带，掏出那只鸟来，找个安全套戴上。他真是无法无天，阿光恨不得朝他的裤裆踢上一脚。

从门口走出来的人渐渐少了，后来就三三两两了。他们没有找到姓韦的。阿光说："让这个卵仔跑了。"也许姓韦的和他没什么两样，姓韦的做了他不敢做的，阿光非得踢他一脚才解气，又没等来他这个人，只好朝垃圾桶上踢了一脚，踢得脚生疼。

远处有人喊阿光。有个捡垃圾的家伙扯着嗓子喊他，说："你老爸挨卵了。"

阿光骂了他一句，说："你老爸才挨卵了呢。"挨卵是倒霉的意思，或者说是摊上事了。

那家伙回道："你怎么不信，有几个东北人提着金箍棒，揍了他一顿，腿断了。"说金箍棒，让陈宏昌挨揍的事情更加可笑。

阿光问："在哪里？"

那家伙说："地角码头。"

阿光冲出去了。李威克也冲出去了。他们俩很快到了码头，四处找，也没见到陈宏昌。密密麻麻的渔船，像个马蜂窝似的。阿光在码头上跑来跑去，心里想着要是陈宏昌死了他该怎么办。他还不知道该怎么哭，要是哭不出来又会惹人嘲笑。他来回跑，后来就不是在找陈宏昌了。他在思考怎么应付陈宏昌的死。

李威克也跟着他来回跑。

后来阿光就找了个地方坐了下来。李威克也坐了下来。两人面朝大海。

阿光问："东北人都是些什么人？"

李威克说："路口卖炒冰的就是个东北人，菜市场也有不少是东北人。"

阿光说："他们来这里就是为了卖炒冰么？"

李威克说："他们怕冷。"

阿光看着大海，眼神空洞迷离，像是快哭了。

阿光说："我想去找黑鬼强。"

李威克说："听人说他有把枪。不是玩具，是真枪。砰的一声枪就响了。"他像是中枪了，歪在阿光旁边。捂着胸脯扭曲成团。

阿光站起来，往回走。李威克还在地上躺着。有几只白色的海鸟在渔船上空盘旋。白色的鸟总让人想入非非。李威克也站了起来，对着海鸟砰砰放了两枪。

那匹老马被拴在了华侨医院停车场，有些体力不支，蹲伏着。见阿光过来，就努了努身子非要起身。阿光索性跳了上去，骑在老马身上。那家伙挣脱一阵，无果就放弃了，脑袋歪在地上呼哧呼哧喘气。阿光下来了，医院里还有一张陈宏昌的脸在等着他。他只是想这一切能来得慢一点，再慢一点，能让他做好准备。

他见到了陈宏昌。有条腿打上了石膏，被白布缠绕。陈宏昌不像阿光想象那样，大喊大叫非要报仇。一张马脸耷拉下来，他这么沉默，像是对这个世界再没什么好说的。阿光急了，大叫一声，说我要报仇。这么一喊，吓了李威克一跳。是陈宏昌的沉默让他感到了羞辱。阿光已经气冲斗牛了。一旦这样，谁也拦不住他。

后来他也沉默下来。他牵着那匹老马在鱼嘴镇风情街上走着，一路走下去。李威克在马屁股后面跟着。陈宏昌早回了家，大概是躺在阳台的吊床上来回晃悠呢。或者正对着像一把枪似的水烟筒抽个不停。这条街总是乱纷纷的，昨夜喧闹的证据随处可见。天快黑了，还没有华灯初上，很多人正为今晚的一切做足准备，有一些妖娆的女子正从海边赶来，一到晚上她们就有很多事做。外地人想要领略一下海港小镇的夜晚，喝糖水吃炒螺，再喝点啤酒吹吹海风。这里的一切正在为他们做准备。

老马偶尔扬起尾巴，拍打着嗡嗡旋转的苍蝇。海边的苍蝇总是突然蜂拥而来，成群结队。

阿光说："小心踢你一脚。"

李威克说："原来是匹母马。"

阿光把缰绳塞给了李威克，说是要去找个人。李威克问："是不是黑鬼强。"

阿光说："和你没关系。"

李威克牵着那匹老马继续走下去。阿光穿过华侨市场，很快消失了。他去找黑鬼强了。

李威克想骑上那匹老马。他没想到这么轻而易举。他一翻身就上去了，骑着高头大马，穿街入巷。他有些洋洋得意了，又在风情街上绕了一圈。再绕回来时，就遇上了艾米。艾米正在海鲜城门口等张东成。艾米对着李威克喊了声"hello"。李威克一慌，差点摔下来。他从没见过这个女人。一看就意识到她的另类，不是他们鱼嘴镇上的女人。李威克也和她打招呼。他笑起来很迷人，有些人的笑就是能让人一下子放下心来。李威克就有这样的笑。艾米好好打量这个马上少年，想要认识他。他不像个渔民的孩子。

张东成走过来了。艾米问马上的人是谁。张东成说："这个野仔叫李威克，他阿妈叫李四妹，是黄水秋的好朋友。李四妹和黄水秋在海上一起待过三四年。她们去过非洲，安哥拉还有赞比亚。"说到这里，艾米兴奋异常，非要认识李四妹，想听听海上究竟发生过什么。艾米求张东成，是否能介绍李四妹。

张东成说："你去找黄水秋。"

3

阿光见到了黑鬼强。他恶狠狠地说："我要报仇。"黑鬼强笑了。落日的余晖穿过榕树的叶子，落在黑鬼强的身上。他在教堂边上喝着功夫茶。阿光转身要走，被黑鬼强喊了一声。阿光兀自站着。黑鬼强让他坐下喝茶。阿光还是站着。他一斜眼，就能看见高高在上的十字架。黑鬼强喊了声："你给我坐下。"阿光这才坐下。他总是放心不下那个十字架。

黑鬼强说："你给我好好坐着。"

阿光不说话。

黑鬼强说："你在看什么？"

阿光说："没看什么。"

黑鬼强说："你文一条海豚，就想当黑社会呀。你长毛了么？"

阿光说："不是海豚，是鲨鱼。"

黑鬼强问："你长毛了么？"

阿光没听懂。

黑鬼强说："把裤子脱了，看看有没有长毛。"

阿光说："我想报仇。我要砍了那个东北人。废掉他一条腿。"

黑鬼强说："你有刀么？"

阿光摇头。

黑鬼强说："你先去买把刀吧。"

阿光起身。围着教堂门前的柱子转了两圈，教堂门前还挂着个LED电视，耶稣正扛着十字架一步步艰难行走。阿光看了看，耶稣表情复杂。他还不知道这个人就是耶稣。阿光看了一阵，就躲开了。他在街上晃悠，把一块石头一路踢下去。他在想把头顶上的十字架如何一脚踢下来；想白刀子进去红刀子出来，可又不知道冲着谁；想找个地方躲起来不见天日，可又能去哪里呢。世界这么小，风情街，红棉路，地角码头，造船厂，华侨医院，无休无止地围着他旋转。

一盏小灯下有一顶白帽子，是个外地人，面前有很多把刀具。他看上了一把匕首，可是他想了想，一把匕首又怎么能废掉东北人的一条腿呢。他决定买一把更长一点的，他又看中了一把武士刀，比他的胳膊还要长。他拔刀出鞘，在外地人面前施展开来。他有些怒气冲冲了，像是眼前的外地人就是那个东北人了。

阿光十三岁就出海了，在海上帮人做事，拉网，收网。看他两只圆滚滚的胳膊，就能知晓他是怎么将那些鱼蟹搬上船的。还有八爪鱼，想起八爪鱼就会让他想起阿妈，母的走了，公的就留下来照看小的。他是那个小八爪鱼。说起阿妈，他连模样也记不得了。梦里的阿妈长得像是黄水秋，后来在他想象中，阿妈总是黄水秋的样子，短头发，脖子高挺着。嘴角微微上扬，像是对什么都不屑。可陈宏昌说，那个女人梳着麻花辫，一打开就像瀑布一样。

他决定买下这把刀。

这是他人生的第一把刀。他提刀又去找黑鬼强了。他在街上走着，腰间配宝刀，整个人也威风凛凛了。教堂下早就没了黑鬼强的鬼影。一到晚上黑鬼强就变得神出鬼没。谁也不知道他去了哪里。

阿光像个刀客在街上乱晃。一些人躲着他走。他掠过一个个铺面，他了解那些人干的可恶勾当。谁和谁有一腿，谁和谁不和，谁又说了谁的坏话。人没一个好东西。这么想，他就变得咬牙切齿了。等他走到家门口，已经变得异常灰心了。那把刀也冷了。老马被拴在一楼的窝棚里，那是陈宏昌费了九牛二虎之力才搭起来的窝棚。窝棚正中央有个石槽，算是个马厩，因疏于打扫，总是臭不可闻。闻到这个味儿，阿光就知道到家了。到了门口，他停下来了，想偷听一下陈宏昌在干什么。陈宏昌会背着他看毛片，把门反锁上。之前，阿光总是给足面子，早早弄出声响来。让他及早收敛，假装干点别的。

阿光却听到李威克和陈宏昌的谈话声。他以为他们在谈论他。事实上，他们在说别的什么，关于潜水。李威克见到人就说潜水的事，连陈宏昌也不放过。

陈宏昌说："最好离海远点。"

李威克想问问究竟。

陈宏昌说："一上船我就头晕目眩。我怕了。"

李威克说："我就是想看看海底世界。他们说海底世界像天堂。"

陈宏昌又说："你这孩子。"

李威克说："天堂就是海底世界的样子。你看过《圣经》么？我阿妈给我讲过很多《圣经》里的故事，可是我还是不太相信。她说那都是真的，我还是不太相信。耶稣本事那么大，为什么还让人钉在十字架上了。我就是搞不明白。"

陈宏昌说："你知道我信什么吗？"

李威克摇头晃脑。他在大人面前就是这个样子，像是什么都不懂。他天生就有这种表演能力。阿光最讨厌他这样，有时候懂了也装不懂，就是为了逃避责任，不想和任何事扯上关系。从本质上讲，李威克是个无情的人。阿光恨李威克这一点。他眼里只有自己。

陈宏昌说："我相信报应。不是不报，是时候未到。我在等着报应。让那些为非作歹的人，早点遭报应。"

阿光拿钥匙开门。他们都不说话了，等着他进去。阿光是不容小觑的，他身上有让人不容小觑的东西。陈宏昌心存忌惮，面对这个一不小心就长大的男孩，不知该如何是好。有一次，不知因为什么事，两人有些不愉快，就在阳台上对峙。陈宏昌一巴掌扇过去，阿光一挡。手腕和手腕撞在一起。他们就这样面对面，陈宏昌突然感觉像面对一片大海。他灰了心，再这么僵下去，眼前的儿子什么都会做得出来。陈宏昌软了下来，阿光没想到会这样，没想到胜利来得这么突然。

阿光走进家门，就从腰间抽出一把刀来。刀光逼人，阿光说："看这把刀。"

李威克并没为这把刀惊叹，他只是随便瞧了一眼，就说要走了。阿光不明白，也许是李威克这个卵仔突然想起什么来了。等李威克走后，阿光和陈宏昌开始讨论那些东北人。

他们来自大兴安岭小兴安岭，或者是长白山，是下山的猛虎。他们的祖先是游牧的猎人。这么一说，陈宏昌就没什么好说的了，沉默下来。阳台上的吊床来回晃悠，可以证明他还活着。

陈宏昌对着洋枪似的水烟筒好好抽上一阵子，像是缓过来了。他们继续谈论东北人。说东北人下手狠极了，简直是往死里打。他们在抢占地盘，过不了多久，鱼嘴镇就是他们的了。

说到这里，阿光有些义愤填膺，说：“有黑鬼强，东北人就进不来。”陈宏昌笑了，说：“黑鬼强算个逑。我在街上混的时候，他还是个小屁孩呢。”

他们俩说海边话。海边话骂起人来也显得心虚。

陈宏昌在这条风情街上风光过。20世纪90年代，海城来了一汪汪的外地人，不只是东北人。他们说这个小城有可能成为深圳第二。小城街头到处都是四处转悠的人，三两成群，伺机而动。他们没地方睡，不少人选择睡在帐篷里。沙滩、码头、小镇街头、高速路口等，到处都是一个个小帐篷，像是无数个小坟头。一到晚上，手电筒的光柱四处摇晃，相互碰撞。没人清楚这个黑暗小城正在发生什么。二十多岁的陈宏昌，比阿光大一些，像现在的阿光似的，在小镇街头晃悠。他穿着绿军装在晃悠，腥咸的海风掠过来，像舌头似的四处乱舔。陈宏昌想起那些年月，整个人也精神抖擞了，说那时候真好呀，真是没想到，真是没想到。也许此时想到了阿光的阿妈。就是那时候，他认识了阿光的阿妈，一个四川人，来自三峡。90年代，海城到处都能见到三峡人。像是全国都能处处见到三峡人。三峡人扎根落户，就可得到几万元的补偿。他们三峡在搞大坝，人被迫迁走了，也有不少来到了海城。陈宏昌见到了不少在街上晃悠的三峡姑娘。阿光的阿妈就是其中之一。

这个女人是奔着这片海来的。也许是她望海的样子迷上了陈宏昌。那时候，陈宏昌还在做海，带她上了渔船。起初她兴奋异常，没多久就晕得一塌糊涂，胆汁都吐出来了。大海给了她一记凶猛的耳光。不过她并没因此恨上大海，反倒更加敬畏大海。后来她就跟人跑了，听说跟了个香港富商，那时候她是招待所里的服务员。谁也不清楚究竟发生过什么，连陈宏昌对此事也是讳莫如深。有些人开始胡乱猜测，说那个女人又被抛弃了，不得已去了马来西亚，成了站街女。坊间流传不少版本，极富戏剧性，可是版本再多结果却是相似的，那就是那个女人没有什么好下场，遭了报应。人都盼着她没什么好下场。

那些最初来的人，是盖房子的。后来房子没盖完，就没了钱，他们不得已四处逃窜。房子卖不出去，留下一座空城。陈宏昌在这些破败的房子周围转悠，牵一条狗。他养过一条狗，那条狗陪了他十几年，死于非命，一脑袋撞在“天之涯海之角”的石头上，再也没活过来。陈宏昌总感觉那条狗死于自杀。也许是阿光阿妈的原因，这条狗至少是个见证，或者说那个女人走后，还有条狗陪着他，可以想象当时他们一起在沙滩上遛狗的场景。陈宏昌哭得声嘶力竭，他阿爸死了，都没这么伤心过。他准备厚葬这条狗，抱着它上船去了深海，上了三炷香，将它抛了下去。狗尸很快浮上来，随着海浪一上一下起伏，像是正在海里驰骋。

后来那些人突然不见了，无影无踪，像是一夜逃了个干净，街上变得空空荡荡。还听说不少人跳了海，也有人跳了楼，从还没有竣工的高楼大厦上一跃而下。这座海边小城很快成了空城。很多楼群成了野猫的江湖，一到晚上成群的野猫叫春厮打，上蹿下跳鬼气森森。陈宏昌喜欢在那里转悠，就是那时候，阿光的阿妈跟人跑了。也许陈宏昌看见过她和别的男人鬼混时的情景。那些烂尾楼倒是很适合野合。陈宏昌对于为什么老去烂尾楼转悠，不置一词。别人说他是去捉奸的。那个三峡女人先是坐船去了海口，后来去了香港，再后来就不知道了。陈宏昌也从不提她，像是从没有过这个人。

没过几年，那些人又卷土重来了，一夜之间涌上街头，像是某种鱼群顺着洋流而来，乌泱泱的。春风一吹，生机勃勃，一下子活过来了，来干啥的都有，传销的，盖房子的，卖房子的，开海鲜大排档的，卖炒冰的，应有尽有。到处都是东北人，他们操着东北话，大声吆喝。不像这些从海上漂来的部落，总是习惯沉默，即便说点什么，也像是自言自语。这些人在船上待久了，习惯用眼神和劳动号子交流。他们拉网时，会喊起网的劳动号子，像是某种海鸟的叫声，不像北方人的号子，像是一块块大石头滚下来。

陈宏昌咳了几声。

阿光说："怎么才能找到那些东北人。"

陈宏昌说："他们后来说是打错了人。也给了钱，交了医药费。"

阿光继续问："怎么才能找到那些东北人。"

海边话说出这句话，就像一道咒语。

陈宏昌说："你给我闭嘴。"

阿光怒气冲冲摔门而出。风情街的夜晚，人山人海。他一出门就碰见了小穗。小穗在抽烟，倚着电线杆，样子像是正等人。也许是在等那个东北人吧。说起东北人来，阿光就气不打一处来，使劲踢了一脚垃圾桶。小穗看见了他，他们差不多大，也许小穗还大一点，和他说话时显得居高临下。

她喊：“阿光，你去哪儿？”她学东北人说翘舌音，说不好，像是为了说才说的。阿光想问她，你阿爸死了么，怎么还没死，都快死了，还在这里约会。阿光没说出来。

小穗说：“我知道是谁揍了你老爸。”

阿光凑了过去。问：“是谁，在哪里？”

小穗说：“帮我把鞋带系上。”

阿光说：“这么黑，我看不见。”

小穗说：“要不然我不告诉你。”

阿光跪下来，给小穗系鞋带。阿光复又站起来，冷冰冰盯住小穗。

小穗说：“那我也不告诉你。”

阿光咬牙切齿，他对女的总是没什么好办法。

小穗继续说：“我劝你还是别报仇了。”她像是在念歌词。

阿光很想揭她的短，说她和那个东北人去渔船上干那种事。她光着屁股，在渔船上跳舞。很多细节都被阿光的望远镜捕捉到了。小穗在他面前，就像没穿衣服。阿光笑了笑，没说话。还有什么好说的，这个烂货，让东北人干的烂货。

阿光一转身，头也不回地走了。没人知道他会去哪里。

4

阿光又去了地角码头。海早就被灰白的夜吞没了。海风包裹着他，11月的海风温暖潮湿，像是情人的抚摸。海上渔火闪烁，是那些捕鱼船上的灯光。阿光想起什么来了，因兴奋而手舞足蹈。他有了主意，开始疯跑，模仿一条鲨鱼，向前俯冲。遇到个垃圾桶，轻轻一跃，像鲨鱼似地跃出海面。他掠过一艘艘停泊的渔船，对着那些沉寂下来的渔船扫射，手里像握着机枪似的。夜色中，渔船像一头紧挨着一头的困兽。随着海浪起伏，像困兽的呼吸。阿光嘟嘟嘟地用机枪扫射，想要消灭一切。他转了个大弯，又跑向了“西贡往事”酒吧。他推开玻璃门，探头进去，想找找有没有黑鬼强。发现他不在，又匆匆跑出来，继续在街上疯跑。他在人群里穿梭，像条不合群的鱼。

他跑回了家，翻箱倒柜，找到自己想要的东西，收拾好背上书包，又闯入了茫茫夜色中。马儿摇晃着铃铛，想要和他说点什么。阿光心情不错，没给它来上一脚。他去找李威克了。到了李威克家楼下，灯亮着，想喊李威克。还没喊出声，阿光又不想叫他了，还是自己来。

镇子东北角有个殡仪馆，一到夜里就没人了，海风一吹，电线呜叫，鬼哭狼嚎。阿光壮着胆子掠过殡仪馆的大门。过了殡仪馆就是垃圾场和万人坑，再过去就是烂尾楼别墅区了。

这也是20世纪90年代末遗留下来的，现在没人管了，除了野猫和“风先生”没人在这里住。阿光站在一栋别墅前面，他知道“风先生”就住在里面。他想和他聊聊。二楼的烛光飘摇，灯下就是“风先生”。

没人知道阿光会来找“风先生”。除了他，没人喊那人“风先生”。他也没喊过。“风先生”只适合在心里叫。阿光又想来看看“风先生”了。“风先生”是三婆婆的人。三婆婆是海上的神。三婆婆是这海上的守护神，法术高明，专门对付妖魔鬼怪。“风先生”是三婆婆派来的。他一直在等三婆婆的指令。

阿光拾级而上。烧黄水秋汽车的前夜也来找过，这人总是披一件大氅自言自语，任凭烛光飘摇。没人知道他在说些什么。那些拗口的海边话，像是呓语，也像是诅咒，诅咒这个城市，诅咒这片海。阿光烧了黄水秋家的汽车，是因为黄水秋家丢了东西，怀疑是阿光偷的。他讨厌黄水秋审视他的眼神，从头到脚看个遍。烧汽车的头天夜里，也像这一天一样，去找“风先生”。那天晚上同样没有月色，适合干各种坏事。后来阿光就烧了黄水秋家的汽车，熊熊火光照亮了红棉路。阿光早就躲起来了，他没有目睹一辆汽车是怎么烧起来的。他躲在码头的一块礁石后面瑟瑟发抖。大海不停地撞击着水泥码头，黑森森的渔船随海浪起伏，像他短促的呼吸。人家顺藤摸瓜，还是抓住了他，关在了看守所里。他在那里被关了几个月。从那时候起，他和黑鬼强才成了一路人。

“风先生”拿一把桃木剑指向窗外。他等不及了，他开始大声叫喊了。野猫和野狗也跟着附和。别墅区一片此起彼伏，像是另外一个世界。阿光上了楼，望了一眼他的背影，又下楼去了。他只是看了一眼，就下楼去了。阿光觉得没什么可说的，看一眼就够了。阿光的背后，是“风先生”一串串呼喊。

阿光十岁那年离家出走，就是找到了“风先生”。“风先生”头很小，脖子短，身形粗壮，像是个天上派下来的异人。他双眼外鼓，真像一条胖头鱼。两人沿着海边一路走下去。阿光不知道会去哪里，他只是跟着“风先生”，就那样一路跟着。“风先生”告诉他，阿光也是三婆婆的人，是三婆婆派来的，说他们那些人都在作孽，不会有好下场。他想起黄水秋他们，还有镇子上摇摇摆摆的外地人。阿光开始想象三婆婆，有时凝望海上的天空，似乎瞥见了三婆婆的横空出现。一晃神，又不见了。

“风先生”深谙捕鱼之道，总能钓到鱼，或者抓一些海里的其他活物。他们就在海边烧烤。他伸一只鱼竿进海里，鱼儿自动就上钩啦。阿光相信“风先生”，要不然为什么总能钓到鱼呢。

两人一路迁徙，沿着北部湾转了一圈。北部湾在地图上像个锯齿，像是对这片海不怀好意。那些天，时间过得飞快。阿光想起那些日子，令人难以置信竟过了那么多天。等他到家，被陈宏昌吊起来打，说再出去，就要了他的狗命。自打出走回来，阿光耳朵里就钻进了一种声音，给他些启示。阿光接受了这种指手画脚。这个声音和“风先生”有关，像是三婆婆的指令越过“风先生”直接传达给了他。

“风先生”是阿光的秘密，连李威克也不知道。这人白天就在镇子四周游荡，怀揣着一把桃木剑，早晚都要围着这个镇子转几圈。只有阿光知道，这人是在保护这个镇子。这么多年过去，“风先生”还是老样子，还是那样老，像一条废弃的旧船，永远一副斑驳破旧的样子。

别了“风先生”，阿光上路了。很快到了镇政府，这个镇子也有三四十年的历史了。镇政府不是先前那个镇政府了，夜色中灰白一片。大门紧闭，正是阿光想要的。他从包里掏出工具来，四周静悄悄的，他在大门上喷了五个红色大字：“滚回海上去。”他又去其他地方继续作案。一夜过去了，很多地方都有了“滚回海上去”这五个大字，还分别在下面写了个小小的“洪”字。说明这是姓洪的人干的，像是《水浒传》里杀了人的武松，留下“杀人者武松也”这几个血淋淋的大字。

姓洪的，人称洪哥，光头，大腹便便，是个东北人。没人不知道他，说他是洪帮帮主，他不承认，他总说只是混口饭吃，开了家房地产中介公司，找了些人卖房子而已。他在镇子的西南角建了一座张飞庙，弄了个丈二金身，虎视眈眈，像是在监视这个镇子。

“滚回海上去——洪”。海边小镇的墙上到处都是这几个大字，血淋淋的。阿光睡了个好觉，第二天被敲门声弄醒，是李威克。

5

李威克进屋来，说：“我们该干点什么呢？”

阿光学他说：“我们该干点什么呢。”

李威克说：“我要去学潜水。”

阿光学东北人说话，说：“混蛋玩意儿。”

李威克笑了，说：“我们去找黑鬼强。”

阿光说声走。阿光和李威克就去找黑鬼强了。

陈宏昌在后面喊，说别忘了给他打中午饭。陈宏昌早早就躺在了吊床上。吊床贯穿整个阳台，洋枪似的水筒烟立在一旁。他就懒洋洋地望着窗外。阿光忘了有陈宏昌这个人了，提着那把宝刀走出了家门。李威克在后面跟着。他习惯在后面跟着。

他们很快走到街上，街上和昨天没什么两样。阿光好生奇怪，并开始失望。他想去镇政府看看。李威克在后面跟着，也不说话。阿光垂头丧气，他倒是趾高气扬、狐假虎威的样子。他们到了镇政府，大门四开着，一个人也没有，一片肃杀。阿光看了看天，想了想“风先生”和三婆婆。

他们又去殡仪馆。李威克讨厌殡仪馆，说：“去那个鬼地方干什么？”阿光说：“去了你就知道了。”殡仪馆人头攒动，不知道谁又死了。阿光兴冲冲的，每当有人死去，阿光总是兴冲冲的。他问是谁死了。

老镇长死了。阿光回过头来，告诉李威克。李威克有些恍惚，老镇长怎么死了。死了好几天了，怎么一点消息也没有。这可是镇子上的大事呀。李威克说：“是老坐在信用社门口的老汉么？”阿光还在兴奋中，说：“没错，就是他。”

他们看到了黑鬼强。黑鬼强也来了，冲他们挤眼睛。像是老镇长的死遂了他的心。阿光没机会和黑鬼强说上话。他坐在一群人中间唱咸水歌。这地方死了人，就会找人唱海上的咸水歌。咸水歌一唱，像是回到遥远的从前，回到在海上飘荡的岁月。

黑鬼强混在其中，听人说，他唱得不错。他一点也不像个街头老大，这么一想，阿光开始感到沮丧。他那副样子，哪能对付东北人。竟有人说他威震八方，是不是看走了眼。瞧他像个猩猩似地坐着。

殡仪馆的外墙上仍然保留着那几个红色大字。阿光拉着李威克去看。他说：“我们快走吧。我听不了他们唱歌。一唱歌，就让我想到鬼。”阿光有些愤怒了，一切都不像他预期的那样，他说：“你这个杂毛鬼，滚回家去吧。”他气急了，才会骂李威克是个杂毛鬼。人都知道他是法国人阿朗德的儿子，要不然头发怎么是褐色的，眼球像个玻璃珠似的。被人这么一喊，李威克也有些急了，甩手走了。他最讨厌别人喊他杂毛鬼了。是他的耻辱，也是李四妹的耻辱。上学的时候，还有人在华侨中学的外墙上，写过李四妹让外国人干了之类的话。他真是羞于见人。

没人去看那几个大字。

“滚回海上去——洪。”

几个字歪歪扭扭，不仔细端详，还真不明白是哪几个字。阿光突然叫起来，说是谁写的。他大声叫喊，想借此吸引更多的人赶过来。在老镇长葬礼上，他跳将起来，大喊，滚回海上去，滚回海上去。不少人急匆匆向这边围拢。连咸水歌也停唱了。咸水歌一停，整个殡仪馆突然沉默，几个穿白色丧服的人也凑过来了。

有人开始窃窃私语。说起老镇长，说起几十年前。要不是老镇长，他们不会从海上回来，在这里安居乐业。一旦说起那段往事来，就觉得眼前这几个红色大字咄咄逼人，像是故意和老镇长作对，故意和这片海作对，故意和这个世界作对。有人开始高喊，为老镇长报仇。一些人跟着义愤填膺。阿光在人群里来回走动，不停地说，姓洪的东北人干的，姓洪的东北人干的。

老镇长是第一个决定留下来的人。他那副样子，像是天生要干大事的人。这些从海上漂来的人都听他的，他也因此成了鱼嘴镇的第一任镇长。没有他，就没有这个镇子，没有这么多人。时过境迁，老镇长却这么悄悄死掉了。还有人说他老不正经，为了看一眼人家的裙底风光，才低下了油光发亮的脑壳，再也没起来。镇子上的人越是崇敬老镇长，就越是想说他死得难堪，说着说着他的死就变得有些可笑，没那么令人悲伤了。

人群中有个声音说：“我们才不会干这样下三烂的事情呢。”被阿光听到了。阿光吼道：“他是东北人，他是东北人。”他激动不已，像是突然找到真凶。这些字似乎就是他方才草就的。那个东北老头，戴着个牛仔帽子，样子很乖张，对着这群人怒目而视。所有人开始躁动，东北老头有点吃惊。没想到，作为围观者的他，突然成了眼中钉肉中刺。看来这人也是经了不少世面，将帽子摘下来，准备和大家好好谈谈。帽子瞬间成了一把折扇，他慢悠悠地扇着。

这样的举动也许惹怒了他们。黑鬼强喊了一声：“把他扔进海里。”像是咸水歌里的一声独白。阿光一直在观察黑鬼强，对于阿光而言，黑鬼强就是鱼嘴镇。

看看阿光的样子，虎背熊腰，面如紫茄。人本来就黑，又是个香肠嘴。陈宏昌那么瘦，他却壮得像头熊。他总是攥紧拳头，要出拳的样子。他挥舞着拳头，跟着喊道：“把他扔进海里。”声音扁扁的，像是一只愤怒的鸭子。

有个人率先扑了过去，开始动手了。像是一根火柴被“嚓”的一下点亮了。有人喊，剥光了他的衣服，扔进海里。又有人扑上去，像是应了那些浅吟低唱的咒语。东北老头很快被剥了个精光。连他自己也不知道发生了什么，正在发生什么。他就这样被人举过头顶，献祭似的。剥光了，才知道这人真是瘦极了，瘦骨嶙峋，下体也缩了进去，除了一簇黑，什么也看不见。只有干瘪的屁股，红斑点点，像是得过某种性病，还未痊愈。他被高举着。一群人浩浩荡荡向大海走去。

有人唱起了咸水歌，是那种爱情小调。不少人跟着唱了起来。

到了海边，东北老头就被扔进了大海。好在东北老头是个游泳健将，两只手在海里像两只船撸子似地摇摆。那些人对他指指点点。东北老头游回了岸边，从海里一跃而起，指着岸上的人，破口大骂。东北人骂起人来，真是连珠炮似的。

阿光在窃喜。胜利者只有一个，那就是阿光。他对着大海，吼叫，谩骂。一个浪头来了，撞碎在岩石上。又一个浪头赶来，又撞碎在岩石上。接二连三，经久不息。消息很快就传开了。整个镇子都知晓了。阿光走在风情街上，像是高人一头，看看这个看看那个，好像干了件怕人不知道的好事。

阿光回家，遇上了艾米。艾米和陈宏昌在聊天。他还不知道那个年轻女人叫艾米，是个美国人。美国是个什么鬼地方，他丝毫不关心。一进门，他还是兴冲冲地，仍沉浸在那出闹剧的兴奋中。这种兴奋只属于他自己。对于他来说，世界并不是他们说的那么复杂。一切都在他的掌控之中。这个小镇需要他的怂恿。

他对家里的一切都漠不关心。他假装垂头丧气，一屁股坐下来，不管不顾，打开电视机看电视。陈宏昌半躺在吊床上，也无视阿光的闯入。他们习惯了如此面对彼此。艾米不住地看阿光。阿光假装和这一切无关似的。

陈宏昌和艾米接着聊。他们在聊陈宏昌的哥哥，那个被怀疑成特务的可怜家伙，临死都没能摆脱这个身份。陈宏昌还有个哥哥，连阿光也不知道。他不知道的事，好像还有很多。他总是被蒙在鼓里。即便他有个望远镜，也是看得到别人，却看不到自已。他在听他们说话。这个女人又是谁，过来干什么。

阿光偷偷打量了艾米一眼，被艾米发现了。艾米说："你叫阿光对吧，好多人都和我说起你，说你烧过黄水秋的汽车。"艾米冲他竖起大拇指。

阿光感到羞涩，不说话，只是看电视。

艾米说："真有意思。"

陈宏昌说："还有好多有意思的事情，我现在想不起来了。"

艾米说："他比你大几岁，他也像你一样瘦么，有照片么？"

陈宏昌说："有。"他喊阿光去拿相册。阿光扫过来一眼，艾米正笑着。

阿光问："你是谁？"

艾米说："我叫艾米。我想写个关于鱼嘴镇的故事。鱼嘴镇人人有故事。"

阿光继续问："谁带你来我家？我家没有故事。我家就我们俩。"

陈宏昌用海边话喊他，让他快点去拿相册。阿光狠狠瞪了陈宏昌一眼，就去拿相册了。和女人说话，陈宏昌就是这副嘴脸，觍着脸的样子。

翻开相册，陈宏昌说起每张照片的来历。

艾米说："阿光，这个光屁股的是你么？"阿光很窘，像个乌龟似地缩起脑袋。

她想知道更多的细节，比如陈宏盛是如何被抓起来审问的，在什么地方审问，问了什么问题。陈宏昌抽着洋枪似的水烟筒，烟雾从竹筒里飘出来。他说："他只是喜欢听半导体。

有人说他是在接受海那边的信号。有人来家里搜，搜了个底朝天，除了几张破渔网再也没什么了。他还是被抓走了，不知道后来发生过什么。没过多久，他又被放回来了，我问他，他什么也不说。至今也没说。我不知道。要是老镇长还活着，你可以问问他。可惜的是，他已经死了。”说起老镇长的死，陈宏昌也想笑。他接着说：“要不是老镇长，他可能要坐牢。老镇长放了狠话，说陈宏盛要是特务，他自己也是特务，人就被放回来了。我还记得他回家的那天，像是出了一次海，没捕到鱼。”

艾米问：“后来呢？”

陈宏昌说：“我记得有一天，他突然要出去，说是接到了一道指令。我问谁的指令。他说是三婆婆。他穿着五颜六色的衣服，四处转悠，沿着海边一路转悠。只要有海，他就饿不死。”

没错，他就是“风先生”。阿光神色异常，抻着脖子，青筋也蹦了出来。艾米还在看照片，陈宏昌看向窗外，像是在寻找他的哥哥。

艾米继续发问：“很想见见那个人。”

陈宏昌说：“他沿着海岸线一路走，背着渔网，戴一顶斗笠，说自己是三婆婆派来的。我好像是被他下了咒，上船打鱼，没什么好收成，后来上了船就头晕，干不了这行了。就是他给我下了咒。我们俩从小就互相看不惯。他从小就疯疯癫癫的。我不愿提起他，有一次，阿光还把他拐走了。”

阿光在他们聊天的时候，偷偷跑出去了。陈宏昌的哥哥突然成了“风先生”，让他很难过。他难过的时候，就会沿着海边疯跑。他跑起来就像一头凶猛的熊，海边上的人都为他让路。

6

黑鬼强问葬礼上那个拍照的女人是谁。他问阿光。阿光说他也不清楚，说是个美国人，来这里写小说，写我们侨民的故事。黑鬼强重复了一遍，美国人。又问阿光，怎么认识了她。阿光说她自己找上了门。黑鬼强在大榕树下喝茶，也让阿光喝茶。

阿光终于可以坐下来和黑鬼强好好谈谈了。阿光坐在椅子上，蜷缩着，脑袋向前伸，像一只捕鱼的熊。阿光把那把刀横放在桌子上。刀很长，桌子放不下。只好歪在一旁。他又舍不得随便放在地上。便一只手支着，像个拐杖。

阿光说：“我想报仇。”

黑鬼强问：“字是你写的。”

阿光很窘，要撒谎的时候，通常这样。阿光说：“怎么可能是我。”

黑鬼强说：“我猜是你干的。”

阿光死不承认，说：“不是我干的。不是我干的。”

这让他想起火烧黄水秋的车。警察也这么问他。他是死不承认。

黑鬼强说："干得好。别管谁干的，干得好。东北人都把房子盖到我们街上了。"

阿光说："让他们滚出去。"

黑鬼强说："就靠你这把刀。"

阿光说："就靠我这把刀。"

黑鬼强说："你想怎么干？"

阿光说："我想找到那个人。"

黑鬼强书："谁？"

阿光说："给我阿爸一棒子的人。"

黑鬼强说："接下来呢？"

阿光开始咬牙切齿了，说："我要带他上船，把他扔进海里，看着他喝海水。"

黑鬼强说："你想杀了他。"

阿光说："我不想杀人。我就是想教训他。让他喊我爷爷。在水里喊我爷爷。"

黑鬼强说："你这个卵仔。"

阿光说："以后我跟着你干，你让我干什么，我就干什么。"

黑鬼强说："李威克呢？"

阿光说："他去学潜水了。他这个胆小鬼。"

黑鬼强说："潜水，可不是胆小鬼能干的。"

阿光说："他就是个胆小鬼。连殡仪馆都不敢去。不是胆小鬼，是什么。"

黑鬼强说："帮我看着艾米，那个美国人，她都在干什么，随时报告我。我去帮你找那个东北人。"

阿光说："一言为定。"

黑鬼强说："喊强哥。"

阿光笑了，喊："强哥。"

棋牌室旁边的教堂人来人往，像是有什么活动，突然热闹起来。阿光提一把刀，闪在一旁。没人把他当回事。他提一把刀，也没人把他当回事。进进出出的人，都懒得看他一眼。他们早就知道陈宏昌家的野仔，不去做海，就在风情街上转悠。做海，就是渔民干的事。他们都这么称呼渔民。

阿光离开了黑鬼强，就去找李威克。他想和他说说，说黑鬼强是他大哥了。这样下去，街上就没人敢对他怎么样了。街上没人敢惹黑鬼强，这人发起狠了，天王老子也不顾，管你是谁。可是黑鬼强很少发狠，总是笑呵呵的。阿光没见他发过狠，不过江湖传言总是有些根据，要不然他敢在教堂旁边开个棋牌室么。他从此就是黑鬼强的人了。这让他有了之前传言的参与感，也和那些江湖故事有了关系。

另外他还想说说陈宏昌的哥哥陈宏盛。简直不可想象，那人竟是"风先生"。

到了李威克的家。他阿婆说，出去了。阿光探头看，见了李四妹。她回来了，不过她没理他。估计是没看见，正自顾忙着，整理衣物。大概是刚回来。像是胖了许多，之前也胖，现在胖得更没有分寸了。李四妹一抬头瞧见了门外的阿光。那扇门一直开着。她喊了一声阿光。阿光愣在原地。李四妹打量他，说："你越来越像他了。"

阿光心想，这个疯子。这个疯子仍在频频注视他。

阿光折身回去，也在想她说的他到底是谁。

他去了"西贡往事"的小酒吧。想想李威克会不会在那里鬼混。一进门，发现他和艾米正面对面坐着。艾米见了他，就喊阿光，说要骑她家的马。阿光说："不知道还活着么？"说完一屁股坐下来。李威克还不想和他说话。上次说他是杂毛鬼，他还在生气。

阿光说："你阿妈回来了。"

李威克说："知道。"

艾米说："我想骑马。"

阿光说："你到底是谁？"

艾米说："就不告诉你。"

阿光说："我也不想知道。"

小酒吧像艘船，像是搁浅在海边。打开窗是可以看到海的。艾米也抽烟。抽着烟，面对眼前的海。她回头问阿光："你是不是见过陈宏盛。你知道他在哪里，对不对。"被她突然一问，有些窘，阿光说："没见过，不知道他在哪里，估计他死了。海上死个人还不是特别简单的事情。"

艾米说："我想见见他。对我来说，非常重要。"

他们三个人随便聊聊，很快就散了。也许是阿光的突然出现，打断了他俩的密谋。回去的路上，阿光和李威克说了黑鬼强的事情。李威克也没什么兴趣，他不像那个李威克了。不只是因为阿光骂了他杂毛鬼，像是有不少秘密，阿光被蒙在鼓里。

阿光一个人回家的时候，突然感到无聊。没了李威克，他真不知道还能和谁说说话。一进家门口，就看见了那匹老马。伏卧着，喘着粗气，像是不敢看阿光。生怕被踢上一脚。阿光觉得他有点像这匹老马了。俯下身子，抚摸它的头，抚摸它的脖子。老马的眼神变得分外温顺。这让他想起母亲。那个来自四川三峡的女人，时时眺望大海。这是陈宏昌说的。阿光摸着老马的脖子，心中突然多出一部分，像是气球被吹起来了，轻飘飘的，有一股奇异的情感正在升腾。老马开始舔他的手，仰起脖子。

阿光像是被什么东西攫住了。他猛地起身，向外跑。跑了一阵子，没想好要干什么，在白光里乱跑。又想起艾米，还是打算和艾米说说陈宏盛。他知道她住在黄水秋家。黄水秋家就在李威克家前面，近在咫尺。阿光站在楼下，喊艾米。艾米探出头来，看是阿光，让他等着。艾米说话很轻，像是小猫咪在舔人的脸。艾米走过来了。阿光说："我知道陈宏盛在哪里。我带你去。"

艾米笑了，说："为什么之前对我撒谎？"

阿光说："为什么要对你说实话？"

艾米被他这么一反问，不知道该说什么。艾米说："因为我长得好看。"阿光不说话。艾米又说："为什么又想对我说实话？"阿光也笑了，说："因为你长得好看。"艾米觉得阿光有些不可思议，不像之前对他的想象。长得像头熊，笨手笨脚，没想到思维如此敏捷。这一点出乎艾米的意料。艾米想知道更多。

艾米说："你多少岁？"

阿光愣了一下，有点意外。不知道艾米要干什么，就说："我十八岁了。"艾米笑，说："你哪有十八岁。"不过阿光显老，说是十八岁也说得过去。阿光也笑，说："你问这个干什么？"艾米说："我想和你交朋友。好朋友当然要互相了解。"还没有女孩子和他主动交朋友，而且近在咫尺，甚至能触摸到她的呼吸。阿光向后躲，想和她保持距离，是怕自己的慌乱被她一把抓住。

阿光说了实话，说十五岁。他出生在香港回归那一年，第二年东南亚经济危机就来了，小城很快成了一座空城，不少做生意的人落荒而逃，跑得太快，连鞋子也没来得及穿上。阿光说可以带她去转转，去看看那一片片烂尾楼。他们约好了，太阳正大，要等夕阳西下，还有不少闲工夫，两人站在路口吃刨冰。待在一株大榕树下面。这条街上到处都是榕树，根须从树干上垂下来，树影斑驳落在地上摇晃，像是在说不。

阿光看对面。对面也有一株大榕树，老镇长常坐在那里，目视来来往往的人。阿光一晃眼，似乎又见到了正在端坐的老镇长。人老了，就会老成一尊雕像。阿光揉揉眼睛，再看对面，只剩一株大榕树，根须飘扬。

阿光说："要是老镇长活着，你可以问他。他什么都知道。这里的一砖一瓦都和他有关系。"艾米让他说说老镇长。卖刨冰的东北人插嘴说，老镇长生前老在对面树根儿底下坐着。一个个俏皮的儿化音跳出来。阿光感到愤怒，冷眼相瞧，想把手心里的冰泼她一脸。

阿光接着说："那天他喊住我，非要和我说两句。他是个和事佬。他喊住我，我没想到他会喊我，我们没说过话，我都不知道有他这个人。他问我知道我爷爷是怎么死的么？他说的是海边话，我翻译给你听。要用海边话说，就像是他正在和我讲笑话。他问我，我爷爷是怎么死的？我不知道，我连陈宏盛是谁，我都不知道。我连我阿妈是谁我都不知道。我以为他在逗我，拿我寻开心。我啐了一口，意思是别跟我开玩笑，我还有好多事情没做呢。我想走，他又喊我。他喊我大名，陈世光。我都快忘了我叫陈世光了。被他这么一喊，我就停住了，打算听他说说看。老镇长说，他被一条大章鱼给吃了。来，就这样，他站起来，老镇长很老了，站起来摇摇晃晃，说，我爷爷就在小渔船上站着，一条大章鱼的触角从海里伸出来，足有这么粗，像一条大蟒蛇，比你的胳膊还粗。像和他闹着玩似的，抱住了他，他还以为是个人呢，一回身就掉进了海里，再也没上来。老镇长说我爷爷刚打上来一只母的，公的就来寻仇了。我问他说完了么，他还想说。我说我得走了。他最后嘱咐我，冤有头债有主，不是不报，是时候未到。不知道他和我说这些干什么。”

阿光一旦说起话来，就可以说得没完没了。这出乎艾米的意料。在艾米看来，这个少年应是寡言少语。

艾米问：“你相信么？”

阿光说：“我不相信。可今天突然想起来，就觉得老镇长说的有可能是真的。”

艾米说：“你可以问问陈宏盛。”

阿光说：“真的假的，我也不在乎。陈宏盛也不会说的，他只会和天说话，和大海说话。就因为这个，我有点怕他。有一次，他指着天说，快下雨吧。当时万里无云，怎么会下雨呢。没过多久，乌云就从海上飘过来了，像是他招来的一群魔鬼。他让人捉摸不透。”

艾米接着说：“要有光，世上就有了光。你就是我的光。”

艾米这么说，阿光吓了一大跳。有点窘，脸更加黑了。艾米说：“你教我说海边话吧。”阿光嘿嘿笑。

7

镇上的夕阳掉进了海里。天色暗下来。阿光身后跟着艾米。过了殡仪馆，就到了垃圾场。艾米掩住鼻子。垃圾场看上去比罐头岭还要高，黑魆魆的，像是一口就能吃掉隔壁的殡仪馆。继续向前走，就是别墅区了，不说是别墅区，还以为来到了荒郊野岭。

艾米没来过，不停追问阿光。阿光让艾米多来这里转转，说这里才是真正的鱼嘴镇。

他们到了“风先生”所在地。这栋别墅像个大怪物似的。钢筋密布，像是怪物身上的硬刺，夜色中蠢蠢欲动。

阿光仰着头，说：“他就住在这里。”

黑暗中看不清艾米的面目。

阿光说：“你是不是怕了？”

艾米似乎发现了什么，说：“就在刚才那一刻，我一下子回到了几十年前，就像突然知道自己的前世。你相信轮回么？上辈子我猜我是个渔民，而且是中国的渔民。也许我也是死在海上，像你爷爷似的，被一只大章鱼吃了。我做过那样的梦，梦到了我被一只鲨鱼一样的怪物一口吞了。醒来后，感觉太真实了，就像昨天刚发生过。”

阿光猛笑，笑声像是鸭子叫，回声朗朗，别墅区本来就鬼气森森。阿光一笑，逗来一阵阴风。空瓶子在地上翻滚。阿光笑呛了，开始咳嗽。

阿光拉着艾米走。她的小手很软。小手在阿光的大手里像条小鱼。两人跑起来，越跑越快，围绕着垃圾场。垃圾场那边是个万人坑，很大的坑，准备埋葬那堆成山的垃圾。夜色里的大坑像是海上的暗涌。阿光在大坑前止住脚步。两人都有些气喘吁吁了。

阿光顺着艾米指的方向看过去，发现有个活物。阿光喊了一声，又喊了一声，谁。没人回应。两人走近，发现竟是个人，在大坑边上端坐，像是在钓鱼。可哪有鱼可钓。阿光走得更近了。他回头说：“就是他。”

陈宏盛。

艾米说了一声陈宏盛。阿光点头。

陈宏盛说了一声：“你们来了，我等你们很久了。你们怎么才来？”

阿光说：“你怎么知道是我们来了。”

陈宏盛还是没有回头，脸面向大坑，像是面对着大海，等待鱼儿上钩。

艾米想走近看看，被阿光拦住了。艾米掏出手机，借着手机的光亮，打量背对着他们的“风先生”。只见他披着渔网，头顶斗笠。阿光说了一声，嗡玛尼妈咪哄。陈宏盛竟回过头来，看着阿光。知道阿光来了。阿光不轻易找他。这些天，他已经接连来过两次了。陈宏盛又扭过头去，说：“他们快来了，你们躲躲吧。”

艾米说：“他们是谁？”

陈宏盛念念有词，不知道絮叨什么。

阿光对艾米耳语说：“他不会回答你的。他就是这样，说一些我们听不懂的话。可我相信这些话，反正不是好事。他说的是不是世界末日。”

艾米说：“什么世界末日？”

阿光郑重地说："世界末日真的要来了。"

两人无计可施只好往回赶。过了殡仪馆，再过一座桥，就到了镇政府。过了镇政府，向右转，便拐进了鱼嘴风情街。街上灯火通明，和桥那边的世界阴阳相隔。他们遇上了黑鬼强。黑鬼强说要请阿光喝酒，其实他是想请艾米喝酒。艾米说不想喝酒。黑鬼强让阿光劝劝艾米。他们三个人还是去了。艾米似乎听阿光的，这让阿光很得意。

黑鬼强一直想找艾米聊聊。他说起自己的身世，才让艾米有了兴趣。他出生在海上，那时还没有鱼嘴镇，他们这群人还在海上飘荡，无所归依。他阿妈难产，生出他来不久就死了，被他阿爸扔到了海里，说到这一段大家都沉默下来，纷纷有些动情。他说他一辈子都不知道阿妈长什么样子。阿光说他也是。黑鬼强掏出钱包，拿出一张照片来。说这张是翻洗过的。有了这张照片，像有了铁证。黑鬼强的故事就没什么值得怀疑的了。这些故事一旦说多了，就分不清真假了。

酒吧里音乐有点吵。彼此说话听不到，艾米说要走。被黑鬼强的大手一把抓住了。艾米并没反抗，而是乖乖坐下来。黑鬼强一到酒吧这种地方就如鱼得水。他大口大口喝啤酒，也让艾米喝。想让艾米喝多，他好趁机下手，连阿光也知道他正是这么想的。阿光不想让他得逞，偷偷扯艾米的衣服，不让她继续喝下去。艾米却让他别管她。

有个东北人过来了，非要和艾米喝杯酒。艾米不管到哪里总是引人瞩目的。艾米只好站起来，正要碰杯，被黑鬼强一把抢夺过来，说：“我来喝。”说完一大口一饮而尽，还把玻璃杯口朝下。东北人不肯服软，非让艾米喝。艾米说：“我喝。”黑鬼强说：“你不能喝。”一只大手拦着她。争执不下，黑鬼强怒了，一拳出去，那小子一个趔趄。东北人挨了揍，大吼了一嗓子，一窝蜂的人从楼上涌出来。黑鬼强也是见多识广，拉着艾米的手往酒吧门口冲去。阿光在后面崴了脚，一瘸一拐地跟着。被人给了一啤酒瓶子，打在肩膀上。

黑鬼强打电话叫人，叫更多的人。叫完人，在榕树下面等。艾米惊魂未定，一脸兴奋。像是期待很久，终于发生了。黑鬼强一直在骂人，讲海边话。阿光想，难免有一场恶战。这也是他想要的。他捂着肩膀，说：“强哥，我们不能饶了这些东北人。”

黑鬼强的人来了。面包车停在榕树下面，车门一开，冲出来不少人，手拿着棒球棒，耀武扬威，看来早就想一试身手了。他们喊，强哥，那些人在哪里。黑鬼强拍了下阿光，让他好好照顾艾米，送艾米回家，接下来什么都不用管了。临走看了艾米一眼。黑鬼强有预感，艾米被他震慑到了。这让他信心百倍，带着人冲进去了。

没想到，二楼全是东北人。二三十个，冲下来。两伙人打成一团，啤酒瓶子乱飞。黑鬼强的人势单力薄，无还手之力，很快被打了出来，抱头鼠窜。他们跑向大街，被后面的人狂追。那些人操着东北口音，喊一串串的脏话。这时阿光和艾米早就上了出租车，没有目睹群殴的全过程。他们只能分别想象那一场殴斗。

8

推开门，陈宏昌还没睡。他喊了声：“你个野仔。”他总是“野仔野仔”地喊他，这么多年过去了。阿光早已置若罔闻。在家，他们俩通常谁也不理谁。

陈宏昌说：“你过来。”

阿光假装没听到。闷在自己房间里。陈宏昌又喊。

他终于晃悠着出来了，问他喊什么。陈宏昌说有话和他说。阿光坐在客厅的沙发上，打开电视。其实也不是想看什么电视节目，只是习惯性地打开，这样才能听陈宏昌说话。在说话之前，陈宏昌连叹了几口恶气。他说起将来，这也是父子之间第一次正视这样的问题。自从阿光辍学后，陈宏昌总是听之任之。这一次腿断以后，突然多出一大块时间来，需要一个人面对这样的虚空。

陈宏昌说：“你想一辈子做个晃鬼么，和陈宏盛一样，好好的海不去做，你想做什么？”

阿光说：“好好的海不去做，你想做什么？”

陈宏昌说：“和你说了多少次，我上不了船。你给我滚回船上去。”

阿光说：“我想赶走那些东北人。”

陈宏昌说："东北人已经扎下根了，就像我们，为什么要赶走他们，没人天生属于这里。"

阿光说："他们打断了你的腿，他们抢走了我们的生意，街边卖刨冰的都是东北人，他们把我们吃掉了，像大鱼吃小鱼一样，我感觉就生活在他们的肚子里。"

陈宏昌说："世界就是大鱼吃小鱼。"

阿光说："我要做大鱼。"

陈宏昌不想继续下去，他问："你带艾米去找陈宏盛了。"

阿光诧异，说："没有。"

陈宏昌说："我知道你去找他了。我坐在家里，向窗外一看，就能看到他。他从来没离开过。一直守着你。"

阿光说："和我有什么关系。他为什么要守着我。"

陈宏昌欲言又止，不过还是决定和盘托出。他说："他以为你是他的仔。他对你阿妈施了咒语，以为就会生下他的儿子。这个疯子。"

阿光说："那我究竟是谁的？"

陈宏昌像是挨了一巴掌，竟没想到他会这么问。他不想和他废话了，就说："你这个野仔，你说呢。"

阿光在偷笑。他喜欢陈宏昌当头一棒的感觉。

阿光于是说："阿妈长什么样子，怎么连一张照片也没有。"

陈宏昌说："我全烧了。"

阿光说："他为什么要给阿妈下咒语？"

陈宏昌说："他就是不让我好过，谁和我好，他就诅咒谁。"

阿光说："他们说是你害了他。要不是你，他成不了特务，也不可能被抓走。"

陈宏昌用手里的拐杖使劲敲击地面。他拄着拐站了起来，面向沙发上的阿光。阿光懒洋洋地半躺着。身形肥硕，像一只冬眠的熊。陈宏昌猛地站起来，还是吓了阿光一大跳。他也端坐起来，想象陈宏昌接下来的发作。

陈宏昌又一次用拐杖敲击地板。他说："他就是个特务。他还有个同伙，那家伙跳崖自杀了。只有我知道。我在后面跟着，一路跟下去。我亲眼见到他跳下去了。后来陈宏盛装疯卖傻，他这个疯子，其实一点也不疯，他是假装的。那些人骗了我。说我要是说实话，会给我一艘船，一艘安装马达的船。"

阿光也站起来了。两个男人面对面对峙，像是随时会对眼前的人抡拳头。

阿光说："就为了一艘破船。"

陈宏昌说："你知道你阿妈为什么跑么？我们一艘船也没有。她就是想在自己家的船上，看看日出，看看夕阳，而不是在市场上没完没了地剥贝壳。我原谅她了。不过从那以后，我再也没吃过贝壳肉，我讨厌那种东西，像是鸟粪。我就是那个总是落一脸鸟粪的人。"

阿光说："她给你来过信么？"

陈宏昌冷笑，说："她都忘了自己是谁了，哪还会记得起你。"

阿光说："不可能。她不可能不记得我，我能感觉到她就在我身边。”

陈宏昌突然说起另外一个女人，说：“我想娶了阿宽。”

阿光说：“谁？”

陈宏昌又说了一遍阿宽。

阿光说：“那是个哑巴。”

陈宏昌说：“人家不是哑巴，只是不想说话。”

阿光说：“你要是娶了她，我就杀了你那匹马。”说完就去找他那把宝刀。

陈宏昌说：“你杀了那匹马，我也要娶她。”

阿光提着宝刀兴冲冲地下楼了。宝刀出鞘，落在马脖子上。阿光试了试，是否能一击而落，身首异处。刀入了鞘，马对着天龇牙咧嘴。阿光踢了一脚，扭头离去。

他去了阿宽家。黑着灯，阿宽早就睡了。阿光在门口张望。阿宽住在一楼，独居。去年父亲得病死了，世界上似乎只剩她一个人了。她好像从十几岁就开始人老珠黄了，这么多年过去了，她没怎么变，倒是经得起岁月变迁。没人把她当成个女人，只有陈宏昌。阿光继续张望。陈宏昌像是他凭空长出的尾巴，耻辱的尾巴，让他不能在这条街上好好做人。

要不是陈宏昌说要娶了她。阿光永远也不会注意上阿宽，或者说不会知道世界上还有这个人。她坐在海鲜城的后厨某个角落里洗菜，终其一生，就是没完没了地洗菜。海鲜城从开张至今，她就坐在那里洗菜了。

黑鬼强打来电话了，问阿光有没有把艾米送回家。阿光说没有，她自己下车了。黑鬼强骂他这个卵仔，又问他知道艾米的电话么？阿光不知道，黑鬼强让他滚，有多远就滚多远。电话挂了，没多久又打来。还是黑鬼强，让阿光去那个酒吧附近找。阿光不想去找。黑鬼强说："你还想要命么，给我去找。"阿光不得不打车去找。挂了电话，他就去了。他是个说话算话的人。

他身上没带钱，脖子上仍旧挂着望远镜。摘下望远镜他就不是阿光了。过红棉路的时候，看见李威克房间里亮着灯，用望远镜一看，看见了李威克正在打游戏。他在楼下喊他。李威克探脑袋出来，问他干吗？阿光让他下来，他说不想下来。阿光说："你他妈的给我下来。"李威克软下来，说让他等等。阿光说别忘了带钱。他们一起出发去找艾米。

李威克说："我明天赶船。"阿光问他赶船去哪里？

李威克说："涠洲岛，去学潜水。"

李威克满怀心事，想要说什么，又说不出口。他们漫无目的地乱走。街上的大排档有人还在划拳。也有人喝多了，对着马路撒尿。阿光也在一株大榕树下撒尿。李威克又说起了2012年。他说："听说有人早就造好了大船。特别大的船，比我们鱼嘴镇还要大，和海城差不多。你能想象和海城一样大的大船么。抛下去的锚也有海福大厦那么大。"阿光不相信，说他乱说。

李威克说："我还没睡过女人，还不知道女人什么滋味。我想找个女朋友，和她一块死。小雨也是去学潜水。我就跟着她去学潜水。我想和小雨死在一起。这样一想，我一点也不怕了。”小雨住在风情街上，是亚平村人。平常帮她阿妈卖糖水。糖水是风情街上独有的小吃，外地人都想来尝一尝。小雨不想卖糖水了，她要去学潜水，可以像美人鱼一样在公园里表演。

阿光在大排档买了两瓶啤酒。他们俩一人一瓶，边走边喝，继续聊世界末日。阿光说：“我不怕，没什么好怕的。死之前，我要干掉几个东北人。我让他们死在我前面。”接着学东北人说话，什么干哈啊，吃了没。儿化音跳出来，说一句喝一口酒。后来开始用海边话骂人。

李威克说：“你为什么老是打打杀杀的。那天，我阿妈让我去杀一只鸡。我拿着刀子对着鸡脖子。你知道么，那只鸡在看我。看样子想把我杀了。我松开手，鸡就跑了，满屋子跑。阿妈骂我，说我什么也干不了，一个男子汉连只鸡也不敢杀。我阿妈也不敢杀。她一辈子都没杀过一只鸡，你说可笑吧。”

阿光说：“连只鸡也不敢杀，你跟着黑鬼强能干什么。鱼嘴镇马上要出大事了，我们要跟东北人大干一场。你等着吧。黑鬼强不会饶了那些人。”

三婆婆庙到了。他们随便一走，竟走到了一座庙门口。庙里阴森森的，阿光非要进去。李威克在门外踟蹰，说还是不进去了吧。阿光说他要去跪拜三婆婆。

李威克只好跟进去了。有个院子空空荡荡，左侧有株大榕树。树上挂满了五颜六色的祝愿符，风一吹呼啦啦响。大殿禁闭，静悄悄的。阿光对着窗户窥探。李威克还在庙门口徘徊，不停地喊阿光回家。

阿光突然大喊一声，转身向庙门跑。

两人一起跑，像是后面有人一直在追。突然一声炸雷响了，呼隆隆滚过来，是从海上滚过来的。那边的天空瞬间变了色。阿光不停地跑，李威克在后面紧追。几百米过后，就是三爷庙了，东北人洪哥出资修的三爷庙，供奉张飞的。张飞庙和三婆婆庙离得不远，像是在斗气，谁也看不惯谁。

阿光讨厌张飞庙，从庙门走过时，吐了一口痰。

过了马路就是鱼嘴镇，李威克气喘吁吁，问："你看见什么了？"阿光说："我看见两只眼睛，特别亮。一直看着我。就在大殿里面。"李威克凑过来了，抓住阿光的胳膊。被阿光一把推开了。阿光突然哈哈大笑，扶住一株大榕树大笑不止。笑完了，就骂李威克是胆小鬼，说和他开玩笑。

阿光说："那是一只猫。不是三婆婆，三婆婆才不会说来就来呢。"

他们俩往家赶。风情街上没人了。那些商家开始陆续拉上卷帘门。还有个人问他俩，又去干什么坏事了。他们俩谁也不理，风情街上他们就是阎王老子。

李威克问阿光："你相信有神仙么？"阿光说："为什么不信呢。要不是三婆婆，我们这些人来不到这里，就没有鱼嘴镇，没有风情街。"

李威克回家了。阿光没回家，趁着夜色又直奔码头。渔船林立，一个紧挨着一个。他从一艘船上跳到另一艘船上，没人知道他要干什么。他像一只熊似的，穿梭在黑色的森林。

9

阿光一觉睡到了下午。这一天眼看就要结束了。一醒，发现自己错过了不少，似乎被窗外的世界抛弃了。站在窗口向下看，楼下的女人在看孩子，不知道这是她第几个孩子了，像是没有尽头。太阳掉到楼后面去了，留下一大块阴凉。他的窗口也置身其中。他可以伸手摸到榕树的树梢。

家里来了几个人。他们聚在客厅，偶尔会提起阿光的名字，说完就是一阵沉默。他可是个不小的麻烦。这些人在谈论陈宏昌的婚事，说是要搞一场盛大的海上婚礼。陈宏昌坚持要在海上，而且要让鱼嘴镇上的人全都知道，似乎是为了证明，和那个三峡女人结婚的时候，就过于草率。陈宏昌会把后来的不幸，归结为草率的婚礼上。

一觉醒来，发现他们行动迅速，早已路人皆知。阿光是个多余的家伙了。他走出房间，想去看看这些人的嘴脸。他以为自己会很骄傲地一一浏览他们的脸，让这些人知晓阿光的存在。可他走出房间，像是自己做错了，那个犯错的人竟是他。他低着头，拿电视遥控器，打开电视。他走来走去，没说一句话，后来走出房门，把整个世界关在里面了。在关上的一瞬间，他听到了陈宏昌的一句判断，让他去吧。

他复又来到街上。下午，和往日的下午并无二致。李威克去涠洲岛了，这让他更加沮丧。到了李威克家楼下，那扇窗户紧闭，他走了，和小雨一起走了。他们去海底世界了，那里有五颜六色的鱼和珊瑚。他们是海底世界的王子和公主。阿光已穷尽了对海底世界的想象。海底还有一艘破船，黑鬼强说的，就在涠洲岛附近，当然他也不知道究竟在哪里，也许只是他的杜撰，说一百多年前，有一艘载满黄金美女的船在此沉没，是被涠洲岛的海盗用土炮击沉的，那些人开始哄抢黄金和美女。黑鬼强还说，他爷爷的爷爷就参与了这次战斗。

黑鬼强和艾米正在大榕树下喝茶。榕树的根须飘扬，真是恍若隔世。黑鬼强嬉皮笑脸说着什么，像是昨天晚上什么都没发生过。阿光走过去了。艾米喊了声阿光，问他去哪里了？她在找他，真是不可思议。阿光喊了声强哥，便坐下来了。一坐下来，就发现艾米和黑鬼强不是昨天的艾米和黑鬼强了。阿光出局了，他总是那个提前出局的人。

黑鬼强眉飞色舞。阿光不看他，仰视教堂上的十字架。十字架让他感觉这个世界变简单了。他回头看黑鬼强，没想到他是这样的人，像条狗似的，夹着尾巴逃跑。阿光开始义愤填膺，坐不住了。他说："强哥，难道就这么算了，你不打算对付那些东北人了。"黑鬼强不理他，继续和艾米谈论他的故事。

阿光说："强哥，你还记得上次你是怎么说的，艾米，我帮你找到了。你要帮我找到那个东北人，男子汉说话算话。"

黑鬼强给了他一巴掌。在他后脑勺上，说竟和他讨价还价。艾米也学黑鬼强，给了阿光一巴掌。阿光像个小熊毛绒玩具了。他蹲在小凳子上，任人宰割。他气呼呼的，不小心又看到艾米的胸脯，呼之欲出。她总是穿成这样，有时会忘了自己穿成这样。阿光不说话，又去看教堂上的十字架。有几只鸟在教堂上空盘旋。黑鬼强谈起了他在渔船上的经历。艾米托着下巴，耐心倾听。她不是爱上他了吧。他这个混蛋。她怎么可能爱上他。阿光想扯扯艾米的衣服，暗示黑鬼强是个骗子。他在撒谎。

他起身离开。他努力向后摆手，恨不得把身后的一切全都抛进大海。这一走，意味着告别和背叛。后来他去了三婆婆庙。上了三炷清香。他俯身下去，给三婆婆行礼。大殿内的三婆婆高高在上，俯视众生。他想问问三婆婆，他该怎么办？没人把他当回事，就像大合唱，他只是起了个头，后来就淹没在众声之中。三婆婆始终无动于衷。

他走出庙门。有一阵怪风扑面而来，好像是从海上吹来的。这是个不小的启示，让他突然想起洪哥。他没见过其人，可早就知晓他的威名。昨天晚上发生的一切大概和他有关。黑鬼强就是个绣花枕头，是个大草包。他要去投靠真正的英雄，而不是有了女人就忘记了战斗的人。

他要去找洪哥。不管他是哪里人，是东北人又怎样，东北人不少是真正的英雄。他就是想跟随这样的人。这么一想，阿光激动异常，跑起来轻轻一跃，跳过了垃圾桶。

他不认识洪哥。洪哥也不是他这样的小角色想见就能见的。他想起了小穗。小穗的男朋友好像就是洪哥的马仔。他去找小穗。一步步来，步步为营，他似乎预见到了那一天，人人喊他光哥。他戴着墨镜，走在风情街上，旁边都是他的马仔，低头哈腰。黑鬼强见了他，也向他致敬，露出哈巴狗似的可怜相。和他说好话。说好话他也不听。当然还有女人陪着他，比艾米还要漂亮。他们一起走过黄水秋的海鲜城，继续走下去，就到了碧海蓝天大酒店。他要住最好的总统套间，可以眺望大海，像他阿妈似地眺望大海。再想下去，连陈宏昌被东北人打过一棒子，也渐渐被他消解了。这一棒子也像是他成为英雄所必经的苦难。挨一棒子就一棒子吧，又能怎样呢？再说了，要不是这一棒子，他还不一定想娶阿宽呢。他翻来覆去地想。他想了个底朝天，为自己跟随一个东北人，想了更多的理由。他去找小穗了。到了三爷庙，他也进去看了看。张飞像是突然间老了，站在院子中央，满面鬓霜。

小穗在碧海蓝天大酒店做工。阿光到了，看见小穗在大堂玩手机。阿光和小穗打招呼。两人去了沙滩上。

小穗和他说起了刚才的那阵怪风，问他知道么，听人说有架滑翔机从海上坠落了。阿光没兴趣，说了自己想说的。想认识他男朋友，想见洪哥。小穗嘲笑他，说他言不由衷。不是看不上东北人么，怎么又想见洪哥。阿光懒得解释，说谁也不知道明天会发生什么，就像小穗说的滑翔机，谁又能说得清呢，那阵怪风怎么说来就来，说走就走。这让他想起三婆婆。一旦想起三婆婆，那架坠落的滑翔机似乎和阿光就有了关联。

两人说起了侨民。阿光说侨民一点骨气也没有，尤其是黑鬼强。小穗说什么侨民不侨民，都是人，没有什么区别。她质问阿光说："侨民不是人么，东北人不是人么？没有谁是三头六臂的。"

这些话给了阿光更多的信心，让他去找洪哥更加顺理成章。小穗给她男朋友打电话，没多久人就来了。很少见到东北人这么瘦，走起路来像是腾云驾雾。渔人最瞧不上这样的人。东北人说起话来也是轻飘飘的。他大概不到二十岁，听说是洪哥的表侄什么的，从大老远赶来这里，过来混日子。上身穿花衬衫，还戴着墨镜。墨镜一直不摘，让人看不见他的眼睛。小穗也很得意有这样的男朋友，一路挽着那人的胳膊，像是吊在他身上似的，生怕被甩脱。他说："你们等着瞧吧，骑驴看账本等着瞧吧。"东北人张口就是俏皮话。阿光不懂骑驴看账本是啥意思。那人接着对阿光说："他们约好了，12月12日下午三点，跨海大桥右侧。你知道那个地方么？对了，你们千万别告诉别人。"阿光点头。阿光在他眼里还是个孩子。他嘴唇上刚生了一层绒毛，像是东西放久长了霉。

那个人又问他们为什么是12月12日。他们哪里知道。他郑重地说："你们知道张学良么？那可是洪哥的偶像，洪哥这辈子就崇拜张学良。选择12月12日，就是为了纪念张学良的。"阿光问："他是那天死的么？"小穗的男朋友说他真是没文化，那一天是西安事变，张学良把蒋介石抓起来了。阿光不懂装懂，也郑重地点了点头，不过他仍然感到兴奋，知道他们都是大人物。这一点说明，东北人和鱼嘴人终于要兵戎相见了。他希望这一刻早点到来。

10

张东成死了，引来阿光一阵窃喜。他一个人风似地野跑，想去看看张东成的惨象。据说身首异处，脑袋像个椰子似的在沙滩上滚。阿光不顾一切地跑向沙滩。夕阳西下，海上像着了火似的。滑翔机像是个被风吹散了的帐篷。阿光绕着滑翔机转了一圈，认真研究了一番，也没看出个所以然来。阿光只是摇了摇头，人早就不见了，那颗像椰子似的脑袋也不见了。阿光开始想象，他竟然想不起张东成的模样来了。

阿光给李威克打电话。李威克说早知道了。他对这个提不起兴趣，只是叹了口气，说真是可怜。阿光想说椰子似的脑袋，被李威克拦住了，不让他说，免得做噩梦。李威克接着说起了第一次潜水。阿光在听，心不在焉。李威克兴奋极了，说起海底世界，说和这个世界一点也不一样，说那个世界只属于他自己。还想说下去，说得一点也不像李威克。阿光说："不像是你说的，是不是小雨说的。"李威克有点恼羞成怒，说他自己也是这么想的。他后来就懒得和阿光说了。

挂了电话，阿光看了一阵子夕阳。就那样看着太阳掉进了海里。可还是错过了太阳掉进海里的那一瞬间。眼睁睁看着，竟然还是没有捕捉到。一眨眼，就是另外一个世界了。太阳没了，留下一片红。阿光垂头丧气，一步步往回赶。

陈宏昌的腿好了不少。一个人拄着拐能下楼了。他又能和那匹老马在一起了，旁边还坐着阿宽。两人在说话，倒像是一家人，阿光见状，气不打一处来。谁也没理，径直上楼了。那匹老马扬了下脖子。他回头看了阿宽一眼。那人有些慌张，做贼心虚似的，有一只眼睛像是对周遭充满警惕，一直在偷看你。这么多年过去了，阿宽总是任劳任怨，连一点风吹草动也没有。就凭这一点，也是让人吃惊的。不管怎样，她就要嫁给陈宏昌了。这也是鱼嘴镇的一桩大事，就像张东成的死。

阿光进了二楼的房间，又冲出来了，对着楼下喊道："张东成死了。脑袋搬了家。你们知道么？"陈宏昌喊了一声知道了，就鸦雀无声了。

到了晚上，黑鬼强来电话了，说是艾米找他有事。艾米在卖炒冰的地方等阿光。艾米想去和陈宏盛聊聊，她说她有个好办法，能让他开口。这些天，她一直在想，陈宏盛其实没疯，只是装疯卖傻。她知道他想要什么。阿光半信半疑，不过还是带她去找他。路上阿光还在想张东成的死。艾米和他聊起来，她对张东成的死轻描淡写，又讲人生无常，谁也不知道明天会发生什么。还说也许死并不是坏事，张东成往生去了。阿光听不懂她在说什么，这个奇怪的女人总是说一些鬼话。

不过阿光意识到她对张东成的死早有预料。想到这里阿光突然感到脊背发凉，事情没有看上去那么简单。只是一场意外，太像一场意外了，难免让人生疑，而艾米很可能是知情的。要不然她不会一路埋首在前面走，头也不回。

他们过了殡仪馆，眼看就要到万人坑了。万人坑是垃圾填埋场。“风先生”很可能在那里钓鱼。刚才他们说到了死，转过殡仪馆，才想起来那个地方是殡仪馆。突然阴风四起，连艾米的裙子也被风撩起来了。两人紧紧靠在一起，谁也不说话。再往前走了数步，那阵风就吹过去了。趁着夜色，他们瞧见了“风先生”。月亮像是突然圆了，也更亮了。“风先生”稳坐钓鱼台。阿光小声说：“他在这里也有可能钓到鱼，你没发现月亮一下子圆了么。”艾米抬头看天，又让阿光闭嘴。两个人一前一后站在“风先生”身后。

艾米从包里掏出一把枪来。她冲过去就将枪口对准了“风先生”的斗笠，并硬生生顶上去。阿光还没反应过来，傻愣愣地在艾米身后站着。“风先生”一动不动，看样子是被艾米震慑住了。她震慑住了一个疯子。她说：“你知道我是谁么？”

“风先生”开口说话了，说：“我知道你是谁。你还是来了。我记得你的声音，可我没什么和你说的。我该说的，我都告诉你了。世界变了，世界全乱了。”“风先生”竟然开口说话了，这一惊真是非同小可。

“风先生”口中念念有词。艾米问：“快说，快告诉我，你究竟知道什么？否则，我就一枪毙了你。”她暗暗用力，枪口直逼过去。“风先生”近乎哀求了，说：“我什么都不知道。我真的什么都不知道。”艾米接着问：“他们又是谁？”“风先生”说：“我什么都不知道。我和他们一点关系也没有。”艾米说：“你就不怕我和他们有关系。”

“风先生”大声嚎叫，抱头鼠窜。艾米在后面追。

他跑得可真快，艾米追不上，不得已只好放弃了。阿光想看看她那把枪，放在手里掂量，很像个真家伙。艾米说：“小心走火。”阿光说：“一把假枪，有什么好走火的。”艾米说：“你就不怕这是把真枪。”阿光突然很紧张，说：“不可能。”艾米笑了，笑声在垃圾堆周围还有了回音。

这时候“风先生”突然冲出来了，大声喊：“打死你这个母猴子，快放了我的阿光。”他手上还拿着武器，像是根什么棍子。阿光和艾米转身就跑。“风先生”还在后面气势汹汹地叫喊。艾米说：“你就不怕我把你的阿光一枪毙掉。”这么一喊，“风先生”软了下来，连声说：“求求你放了他。一切都和他没关系。”

艾米说：“他们对你做了什么？”

“风先生”说：“你放了阿光，快放了他。”

艾米说：“你怎么知道他是阿光？”

“风先生”说：“他是我的儿子，我怎么会不知道。他一来我就知道。”

阿光说：“你乱噏廿四。”情急之下，他用海边话骂“风先生”，骂完就折身跑，把艾米和“风先生”扔在身后。

他在殡仪馆门口停下来，气喘吁吁。阿光回家，猛地把门关上。陈宏昌半蹲在吊床上，抽洋枪似的水烟筒。咕噜噜响，水烟筒里像是藏着一只正在睡觉的猫。

11

阿光最终没见上洪哥。大战在即，洪哥不想见鱼嘴镇的渔民。这是小穗的男朋友说的。阿光不相信，在他看来，那个走起路来轻飘飘的家伙在撒谎，他说话就像是放屁。

阿光又买了一架高倍望远镜，躲在教堂二楼的储藏室里，偷窥黑鬼强和艾米。高倍望远镜让他可以看到他想看到的一切。他喜欢蹲在暗处，观察这个小镇。没人知道他在这里。没有一个人知道，这让他感到兴奋。所有人抛弃了他，他也抛弃了所有人。他一待就是一天。他的望远镜像两只可以伸长的眼睛，密切注视着黑鬼强和艾米。他还没找到两人发生关系的证据。

棋牌室突然有吵闹声。太阳刚掉进海里，风情街上的路灯还没亮起来。一辆别克商务车停在了一株大榕树下面了。阿光将望远镜转过来时，几个蒙面的家伙早就把黑鬼强装进蛇皮袋里去了，一顿拳打脚踢。艾米可能还在楼上写小说。阿光亲眼目睹了黑鬼强挨揍的全过程。不到三分钟，那些人迅速逃离。黑鬼强还在蛇皮袋里挣扎。阿光迅速下了楼，从教堂里冲出来，大声喊。他把黑鬼强从蛇皮袋里拖出来。黑鬼强伤痕累累，只好在地上躺着，脸上鲜血直流，嘴里喊着脏话。

艾米也从楼上冲下来了。他们三个去了医院。这一顿毒打突如其来，不知道是谁干的。黑鬼强猜测，是那些东北人。黑鬼强的兄弟们也赶来医院，个个义愤填膺，准备立刻报仇雪恨。可又不知道找谁报仇雪恨。只能在医院急诊室门外上蹿下跳。阿光也是异常激动，终于到了他大显身手的时候了。在黑鬼强身边寸步不离，好像不这样，就难以表达他的忠心耿耿。黑鬼强的兄弟们也因此对他青睐有加。这让他更加兴奋，屡次说起黑鬼强是怎么挨揍的，那些人都是什么样子，又怎样逃之夭夭的。有人问他："你看到强哥挨揍，为什么等他们上了车，你才出来。"这是唯一的疑点，阿光事先没有想到。这么一问，所有人都转向了阿光，他瞠目结舌，支支吾吾。黑鬼强说别让他们废话，和阿光没关系。阿光后来解释说自己在教堂那栋楼的楼顶，正拿着望远镜看海上的渔船。那人又问他："看那些渔船干什么？"他回答说："要不我买望远镜干什么。"阿光说完高高举起望远镜给所有人看，像是这架望远镜能提供他眼睁睁看黑鬼强挨揍的合理理由。

黑鬼强的脑袋被白布缠绕，像个受伤的战士。艾米看着他，总忍不住想笑。最后还是笑出来了，笑得前仰后合。黑鬼强起初不知道她为什么笑，等他得知是怎么回事后，就轻易原谅了她。这让阿光颇感失望。

艾米想要走，和黑鬼强说了几句话。

艾米说："我必须走了。"

黑鬼强问："你能不走么？"

艾米说："不能。还有更重要的事情等着我。"

黑鬼强说："还有比我更重要的事情么？"

艾米笑了，这样笑，像是在笑自己，努了努嘴，说："很多事情都比你重要。"

黑鬼强说："你说说，都是哪些事情。"

艾米说："别逼我。"说完扭身走了，不知道会去哪里。

黑鬼强的一只眼睛受了伤，被白布缠上了，还有一只眼睛不住地斜眼看人。黑鬼强说："她就是个婊子。"

黑鬼强让阿光跟踪她，有什么消息，就给他发短信，阿光真够听话的，像条狗似的，冲出了急诊室。很快就追上了艾米。

艾米凑过来搂着阿光的肩膀，整个人在他虎背熊腰上吊挂着。此举非同小可，阿光像是挨了一枪，被硬生生地击中了。身体迅速有了反应，走起路来很不自在。他不敢侧过头来看艾米。艾米在这边攀附着他，像是故意捣蛋。阿光的另一只手只好塞进裤兜了，死死摁住不断膨胀起来的下体。两个人穿过人民医院停车场。医院门口总是车来车往，人声鼎沸。

艾米的另一只手搭在阿光的肩膀上，身体软绵绵地，靠着他熊样的身体。两个人从医院走出来，继续向下走。后来上了出租车。阿光还硬着，艾米离他有点远。看窗外。一直这么硬下去，阿光看这个世界，就有些不同。想靠艾米更近一点，并希望她那只手永远吊挂过来。阿光不说话，等着她。

艾米突然说："你躲在教堂上面，是不是在偷看。偷看我们俩，是不是干过。”一个“干”字脱口而出，阿光更加兴冲冲了。艾米继续发问：“是不是？”阿光点头，一只手还在裤兜里，死死摁住那个呼之欲出的活物。艾米让他说话，他还是不说话，似乎在酝酿什么。

殡仪馆终于到了，门口仍然有人逡巡。夜里一点多了，有几个家伙在窃窃私语。他们说黄水秋在里面。艾米和阿光一前一后，进去了。里面有吵闹声，值班人员正与黄水秋交涉。争执内容大概是，黄水秋一再拖延，让这位值班人员无法睡觉，拖至后半夜。看来黄水秋也是才来。阿光的一只手还在裤兜里死死摁着。殡仪馆阴风飒飒，鬼气森森。阿光终于放开手，紧紧贴在艾米身后，好像什么都忘了。只是贴在艾米身后，想贴得更近一点。值班人是个中年人，死了人一点也不着急，打好几次电话，连个人也不来。这人后来说要去睡觉了，让黄水秋填完表，放在值班室窗口即可。看在死人的分上，他懒得计较了。黄水秋还穿着鲜艳的裙子，红红绿绿的，在殡仪馆柜台前面晃悠，像个夜里的女鬼。她还没来得及换衣服。

过了好一阵子，阿光和艾米就上了黄水秋的越野车，说是回家。阿光突然问：“张东成的脑袋还在么？”不知道他是在问谁。没人说话。艾米在后座扯他的裤子，让他别乱说话。阿光虎头虎脑的，想抓艾米的手。黄水秋缓过劲来了，说：“夜里不睡觉，你跑过来干什么？”阿光说：“黑鬼强被东北人打了，胳膊断了，脑袋破了个洞。你不管么？”黄水秋说：“我不是警察。”阿光说：“他是我们鱼嘴人，你也不管么？”黄水秋又说：“我不是警察。”阿光问：“陈宏昌被打了，你不管么？他可是救过你的命。”黄水秋不说话了。她懒得理他，甚至有点怕他，不知道他会做出什么来。她还没想出好办法，用来对付这个长得像头熊似的男孩。

下了车各奔东西。阿光第一个下车。夜色如水，也没浇灭肚子里那团火。到了家门口，过去摸那匹老马。搂着马脖子，像是搂着艾米。身子一耸一耸的，像个毛毛虫。

12

阿光去了涠洲岛，想去看看李威克正在干什么。下了船，他又觉得找李威克，一点意思也没有。只是在码头周围乱晃。脖子上仍旧挂着那副高倍望远镜。

12月的海风有点凉了。离李威克说的世界末日没多少天了。阿光想起这个来，就有些雀跃。总盼着地球发生点什么事情。这个世界就像头上的白云似的，平淡、无聊，没劲透了。他将身后那个镇子抛在了海的另一边。

他找了个没人的地方，脱光了身子，把自己扔进了海里，像条鲨鱼似的在水里潜伏。他可是个游泳好手，风情街上那些孩子都不是他的对手。阿光的脑袋从海水里探出来。刚才他就潜到海底深处，乱摸上一阵，捡了个海螺上来。被海水一泡，又有了万分热情。上了岸，裸着身子晒太阳。看着自己的身体，又想起艾米的身体。艾米那只手像是一直在他的右肩上搭着，轻佻，不安。阿光开始想象艾米那只手。向下，向下，贴着他的身子像蛇似地游走。终于抓住了，像握着一只鸟。那边的海水漫上来了，也像是手。那么多只手，向阿光伸过来。整个身子被那么多只艾米的手托起来了，随着头顶上的白云旋转。他爱这个世界。他从来都爱这个世界。只是恨那些人，他有多爱这个世界，对那些人的恨就有多少。最后想到艾米呼之欲出的乳房就喷涌而出了，像是海浪对崖壁的一次激烈撞击，撞了个粉碎，也像是潮水缓慢褪去，又沉到无尽的海水里。这是他的第一次自渎，发生在一块大石头后面。因为大石头的遮挡，也就变得无比隐蔽，可还是被人发现了。有一块小石子滚过来，那是不怀好意的人类，接着就是轰然的笑声。他复又跳进水里，洗刷自己。想离开那些笑声，一脑袋扎进去，整个人也就变得轻飘飘，缓慢下坠，直至海底。等他一把摸到海底的沙子时，他突然想为一个女人去死。这个新发现，让他自己也感到迷惑。他眼里从来只有自己。他恨那些人，那些女人，甚至艾米。一举一动都在告诉其他人，他们有多了不起。只有阿光知晓，那些人有多脏，有多言不由衷。他很想把他所有的发现，公之于众。在鱼嘴镇放一场电影，用来演示那些人的秘密。想想就让人激动得发抖。可是就在方才那一刻，他却想找个女人，为她战斗，直到死。比如艾米，甚至是艾米。艾米的那只手一直在他肩膀上晃着，勾着他，勾着他的魂。他从海里一跃而出，像只鲨鱼似的。

上了岸，他装作垂头丧气的样子。他一件件穿上衣服，有人在看，让他们去看吧。这个世界上从来不缺乏偷看的人。他想让别人偷看，后来他就昂首挺胸了。从很多人面前走过，穿过一些人，就像穿过这个世界。他已经开始想象如何温暖一个女人了。他如何面对新的艾米，和新的自己。这么想下去，每一步都变得坚实起来。

没必要去见李威克，更没必要去见那个可怜的小雨。真不知道李威克为何会看上那个叫小雨的，简直像是一捆腌海带，也许是她总喜欢将头发打结的缘由吧，总显得乱纷纷、脏兮兮的。阿光想去涠洲岛上的天主教堂去看看。听他们说这座教堂建于一百多年前，是法国人建的。

从天主教堂出来的时候，阿光遇上个熟人。他倒不记得了。那人可记得他，一下子认出他来，把阿光吓了一大跳。是个四十多岁的女人，外地口音，说他跟他妈妈长得真像。阿光还不知道她是谁。那人连连问："你不记得我了，小时候我还抱过你呢。真没想到这么多年过去了，在这里能见到你。"阿光说："你是不是认错人了。"那人颇为自信，说："怎么会，你是不是叫阿光，大名叫陈世光，你爸爸是陈宏昌。"阿光点头，问她是谁。她还在卖关子，说让他猜。阿光不猜。

她说："我也是三峡人，和你妈妈是同乡。"

她把阿光领到教堂办公室里去了。教堂还有办公室是阿光想象不到的。

教堂旁边有三间办公室，另两间上了锁，门与门之间有块小黑板，上面写着教堂的账务，收入和支出。连买了几斤青菜也写得清清楚楚。阿光问那个女的，黑板上的字是她写的么？她问：“写得好么？”说完盯着阿光笑。阿光对这个女的没有恶感，可他仍紧紧绷着。懒得理她，不想多说话。阿光偷偷看她，想从她身上找到一点有关他的影子。三峡是个什么地方，他对三峡没有什么具体想象，只知道那里修了个无比巨大的大坝，因此那里的人都被迫迁走了。听着她的四川口音，想他妈妈也这般说话。阿光开始想象。他并不恨她，他只是好奇，她和陈宏昌是怎么好上的。无论怎样，也是无关痛痒的，他以为那些故事仅仅是故事，和他没什么关系。

后来那个女的带阿光去吃饭，阿光也是听之任之。他很少这么听话。这个阿姨情绪有些激动，喝了几杯酒，开始追忆往事，说起阿光小时候。

她说：“你妈舍不得你，走了又回来，回来也没见到你，后来还是走了。你知道是什么让她下定决心，非走不可的么？”阿光摇头。他目光游移不定，看上去一切都和他无关。

那个女的喝得红光满面了，犹豫了很久，扑哧笑了出来。她说：“我来告诉你，是因为我炒的一盘螺肉。我不太会做菜。那天晚上她闯到我家里，说要和我喝一杯。我就炒了一盘螺肉。螺肉被我炒得脏兮兮的，她一看就恶心了，非要走不可了。你说可笑不可笑。”说完笑起来，笑得眼泪都出来了。

她说了不少，阿光似乎没听。她渐渐没了说下去的信心。那些过去的悔恨，也不得伸张，人就变得气鼓鼓的了，不住地喝酒。看着眼前这个呆若木鸡的像熊似的男孩，也许开始后悔怎么认出他来，还带他来吃饭，并说了这么多废话。怨恨迁怒到阿光身上来了。她喝了一大口酒，开始讲另外一段故事。

她说："阿光你知道么？你妈妈一点也不喜欢你爸爸。知道他们俩怎么好上的么？"

阿光只是吃饭。大口大口吃，他的胃口从来就好得不得了。洗了个海水澡，恨不得吃掉一头牛。大口咀嚼，让他的脸像个胖头鱼。

她接着说："是你爸爸强奸了她。强奸了你妈妈，才怀上了你。"说完恶狠狠地盯着阿光。看他会怎么样。这次果真激怒了阿光。

他说："你胡说。"

她忙说："我没有胡说，是你妈妈亲口告诉我的。我们关系特别好，无话不说。她知道我的所有事，我也知道她的。她就是在那个烂尾楼别墅里，被你那个可恶的爸爸强奸了。这是她说的，是不是事实，我就不知道了。"

她在等待。等着阿光继续追问细节。

阿光说："你胡说。"说完就起身跳开，像飞鱼似地跳出海面。

他从凳子上弹了出去，闪身就跑出那家小饭店。熊一样的身体却像猴子似的敏捷。小饭店门口有块牌子，上面写着"来料加工"，被阿光一脚踢翻了。涠洲岛上有很多小饭店，都写着"来料加工"，也就是说你可以买点海鲜，或者钓条鱼，来这里蒸煮，收一些加工费。老板正坐在门口，在后面喊，谁家的野孩子。一边喊，一边整理倒在地上的广告牌。东北口音，来涠洲岛的东北人也是不少。

阿光狂奔不止，一口气跑进了香蕉林里。涠洲岛上到处都是成片的香蕉林，连猪也是吃香蕉的。吃香蕉的猪，肉特别香，叫作香蕉猪。不少外地人是冲着香蕉猪的美味来的。阿光像只香蕉猪似地钻进了香蕉林。最后坐在一个坟堆上，想象那天晚上烂尾楼别墅里究竟发生过什么，陈宏昌是怎样让他阿妈怀了孕，从此有了他。后来他发现自己正坐在坟堆上，再次跳开。

13

其实阿光想一走了之的。要不是那个女人说起那桩旧事，阿光是不打算再见李威克了。事情已经不只是分辨真假那么简单了，或者说真假已经变得无关紧要。有了这个说法，他也没什么资本在李威克面前耀武扬威了。他们是一样的人，生来就带着耻辱。

李威克见到阿光，还是不敢看他的眼睛。不是不敢，怕是看一眼，就难以自拔。李威克是想离阿光远一点的。和他聊天，也是平淡如水，不似往常那么雀跃。小雨一直在，和李威克寸步不离。阿光进了李威克的宿舍，宿舍里随处都可见女性用品，他甚至在枕头下面还发现了一条女式内裤。有了小雨，让李威克更有力量了，让他可以和阿光平起平坐，跷着二郎腿问阿光过得怎么样。阿光在李威克最得意的时候，将那条女式内裤从枕头下面拎了出来，像钓上一条鱼似的，眼里放光。李威克冲过来，一把夺过去，一股脑塞进牛仔裤兜里。兜里鼓鼓的，就像装进个拳头。李威克方才的居高临下，很快变成了闪烁其词，瞬间矮了半截。他又是从前那个李威克了。

到了下午，李威克要带阿光去看看他们如何潜水的。到了潜水处，阿光看到了远方的岛，李威克说那是斜阳岛。阿光手舞足蹈，恨不得跳进水里，一口气游过去。岛上人很少，不足百人，是一些原住民，听说是海盗的后代，个个凶悍，有一张不会笑的脸，女的也不例外，而且女人都有个大屁股，像是某类昆虫拖着不可一世的腹部。岛上还没有通电，那些人还过着原始的生活，随着来岛上的外地人越来越多，他们像是开了天眼，开始纷纷逃离，尤其是年轻人。后来，岛上就几乎没有年轻人了。年轻人去了海城，或者更大的城市。在一个小岛上待久的人，就想看到宽阔无边的内陆，还有冲破云霄的高楼大厦，像海里的哺乳动物，水底里待久了总是要出来透透气。而且没一个年轻人愿意再回去。岛上贫瘠，除了吃鱼和香蕉，再没什么可吃的了。阿光很想上岛看看，这正是他想要的，他早就厌倦了人类。他就想去个人少的地方。

李威克装备整齐，和阿光打了个招呼，就一跃而下了。他要到海平面三十米以下的海底去看看。还有个潜水老师，也和他一起下水了。小雨也要下水，还在整理潜水装备。她把潜水镜戴上，又摘开，正在尝试。阿光无所事事，想和她随便聊聊，可又不知道说点什么。小雨收拾妥当，开始晒太阳了，懒洋洋的。她又不准备下水了，像是在等待。

小雨开口说话了，也是没话找话，她问阿光喜欢音乐么？阿光哪里懂音乐，摇头。小雨说：“那你听什么歌？”

阿光说：“我从不听歌。一听到别人唱歌，我就浑身不舒服。”

小雨说：“记得你总是戴着个耳塞，我以为你喜欢听歌。”

阿光说：“我喜欢戴耳塞，可我什么也没听。我就是不想和人说话。”

小雨说：“你真是个有意思的人。”

阿光说：“真为你们高兴。”说完感觉不像是自己说的。也许是烂尾楼别墅里的陈宏昌让他哑了火，他没那么盛气凌人了。

小雨说：“你说你想离开，其实我也想离开。你是可以说走就走的，我走不了了。想想一辈子和他在一起，就有点害怕。我才十六岁多一点，就成了一个男人的女人。其实我不想说的，一见到你，我就觉得可以说说。感觉和你是一种人。”

阿光却说：“李威克是个大好人。”

小雨说：“我喜欢他，不是因为他是个好人，是因为他对我特别好。没人能对我那么好了，我离不开他。也不是离不开，我只是离不开他对我的好。”

阿光说："我们从小就在一起，没得选择。我和你不一样。我就是想让他和我一样。人和人都不一样的，我想找个和我一样的人，做朋友。我找不到这样的人。"

没想到聊了那么多。李威克探出脑袋来了，摘掉潜水镜，就露出他的笑脸。他说有一片珊瑚特别美，也让阿光下水试试。阿光说算了。小雨下水去了。下水前，对阿光笑了一下。她笑起来还蛮好看的，人笑起来都蛮好看的。李威克一上来，就问："小雨和你说了些什么？"他看了阿光一眼，就开始紧张了。他像是很怕小雨说出点什么。阿光假装小雨说出了什么，看着李威克笑，说："就不告诉你。"李威克更紧张了，不停地问究竟说过什么。阿光后来说："什么也没说，只是在船上晒太阳。"

后来他们三个人去了斜阳岛。岛不大，随便走走就走到了海边。见了一些老房子，房子门前常有老人纳凉，满脸沟壑，黑黢黢的，这里的原住民肤色油黑，可又不只是黑，还有褐，所以就显得有点脏，像石斑鱼身上的花纹。那些老人对上岛的人早就漠视了，他们除了关心脚下的狗，也没什么好关心的了。

岛上人来人往，人人穿着花花绿绿的衣服，操着各地方言，对当地人的生活指手画脚。

李威克老是冲小雨使眼色，也许早就偷偷问过她，有没有和阿光说过什么。小雨懒得理李威克，这让李威克更觉得浑身不自在。李威克倒像个横亘在阿光和小雨之间的那个障碍物了。阿光和小雨在某个问题上总能达成一致，当然这也有互相配合的成分。

天色降晚，远方涠洲岛遮挡住了夕阳，也就是说涠洲岛的影子爬上了斜阳岛。他们也该走了。回来的路上，阿光像个船长似的，待在船长室。他还真像个船长，除了虎背熊腰，有不可轻易战胜的身体，还有一对鹰眼，看什么都像是目露凶光。要把别人钉在其身后的墙上。

回到李威克的宿舍，阿光说明天回鱼嘴镇，接着就上路，去不知名的远方。他大概会去北方看看，比如沙漠草原。他从未见过真正的沙漠和草原，和海一样大的沙漠和草原。小雨说去送阿光，阿光说不用了。两个人心照不宣，像是在某事某地终会相遇似的。第二天一大早，阿光就离开了。李威克去送他。阿光还想看小雨一眼。可她迟迟不出现，也许这是李威克的主意。李威克开着电动车，后面坐着阿光，就这样出发了。阿光两只肥硕的胳膊，搭在李威克瘦弱的肩膀上。风吹着他们两个人，头发纷纷向后飞扬。

到了码头，两个人坐等开船，有点无聊。面前是浩瀚的海，背后是一大片香蕉林。看来非得说点什么了。

李威克说：“你真想去北方么？”

阿光说：“我还想去东北看看，去那些东北人的老家看看。他们来我们这里，我想要去他们那里看看。我可能会一直待下去，再也不回来了。”他的目光很温和，让李威克有些受宠若惊。李威克到现在才发现，阿光是他的朋友。

李威克说："我也想和你一起走。"

阿光说："别开玩笑了。"

李威克说："我说的都是真的。你要不信，我现在就去买船票，你等我。"

阿光说："你去。我等你。"他以为他在开玩笑。

李威克果然买了一张船票回来。人也激动不已。

阿光说："小雨怎么办？"

李威克说："我早就等这一天了。好像我做了这么多，就为了等这一天。等着和你一起去北方。就连学潜水也是假的。海底也不是我想象中的样子，我根本不想学潜水。"

阿光说："和小雨有什么关系？"

李威克说："我以为我很喜欢她。今天早上一起床，我发现不是这样。我是为了怕你看不起我，我才学潜水，找女朋友的。"

阿光说："我不想和别人一起去北方。我想一个人走。昨天和我说，她离不开你。"

李威克说："胡说，她说的不是这个。"

阿光说："那你说，她说了什么？"

李威克说："她是不是说过，我们之间其实什么都没发生。"

阿光头也不回地向船上走。李威克想要跟上去，阿光怒目相向。李威克哭了，阿光也想哭，可是哭不出来。

14

回到海城，回到鱼嘴镇，已到正午。他没看见那匹老马，也没见陈宏昌。家中上了锁，他没带钥匙。问邻居，邻居也诧异，说这么大件事，他竟不知道。阿光细问个究竟，得知今天是陈宏昌和阿宽订婚的日子。一大群人正在鱼嘴火锅城聚餐呢。阿光恍然大悟，急冲冲直奔鱼嘴火锅城。人真是不少，他一眼就看到了艾米。艾米见他进来，问他究竟去了哪里。一些人挺把他当回事，忙让他上了坐。

黑鬼强也来了，他端着胳膊，另一只手拿着筷子指指点点。挨了一顿暴打的他，眉间多了一丝忧郁，对什么都不放心。

陈宏昌和阿宽坐在一起。一旦坐在一起，真像是夫妻重逢似的。艾米谈起了阿宽，说："你知道么，阿宽坐过牢，在香港。我也是才知道。她登上了一艘去香港的难民船，后来就被关起来了，关了很长时间，出来就不怎么说话了。其实她很能说的。今早我们聊了很久，不是你想象的那样。"

艾米和阿光贴得很近，阿光闷头吃肉。艾米见他不说话，只顾吃肉，就嘻嘻笑，问他："你知道你吃的什么肉么？"阿光这才抬起头来。余光中，还可以看见陈宏昌也在用余光看他。阿光问："什么肉？"仍在大口咀嚼。艾米笑着说："是你家的马肉。"阿光一听，将肉一口吐了出来。起身冲了出去，出了火锅城，扶着一株榕树，呕吐不止。艾米也跟着冲出来。

阿光红着眼问："是谁杀的？"

艾米说："我带你去。"

他们两个在鱼嘴镇绕了半圈，就到了那家屠宰场。一看就是杀猪宰羊的地方，进去便感到杀气腾腾。有个年轻人，是杀猪的学徒，和阿光认识。抬了抬下巴，示意他们看脚下。脚下有四只马蹄，一看就是被随手扔在了地上，乱堆在一起。马蹄脏兮兮的，仅存的毛发凌乱，沾了不少泥。想想就知道，死前有过一番什么样的挣扎。那个学徒走过来了，踢了一脚其中一只马蹄，又踢了一脚。他开始说话了，他在说那匹马是怎么死的。原来这匹马是累死的，死前又让这群人捉弄了一番。不知道是谁突发奇想，要让这匹马跑死。他们开着皮卡，用一根粗绳子拴着那匹马的缰绳。皮卡围着鱼嘴镇转悠，那匹老马被粗绳子扯着，不得不跑下去。第一圈，老马还跑得颇为得意，头颅高高仰着，像是被检阅。跑到第五圈的时候，老马就不行了。那个学徒就蹲在皮卡车后座上，给老马拍照摄影，说马鼻子一直在淌血，后来就血流不止，还让阿光看了一小段，最后一脑袋栽了下去。那人还在笑，问他们有没有见过一匹马一头栽下去的样子。他开心极了，说真是开了眼界，目睹了一匹马是怎么跑死的。说到这里，阿光的拳头就开始挥舞了。连续几拳飞过来，那人没有设防，几拳就被打倒了。阿光将他骑在身下。艾米想要拉开他，被阿光呵斥，让她滚。

阿光起初一直在想那匹马的惨状，想象马鼻子一滴滴淌血，最后一头栽下去。他还在挥舞拳头，一拳比一拳下手狠，没有丝毫要停下来的意思。后来他不想那匹马了，不停在脑子里翻转的，却是烂尾楼别墅里发生的一切。那匹老马的遭遇，让他想到阿妈。那个三峡女人，被陈宏昌的魔爪拖进烂尾楼别墅。起初是挣扎，拼命挣扎，后来不得不放弃，听天由命。当陈宏昌完全掌控局势的时候，阿妈就像那匹老马，一头就扎向了土地。阿光越这么想，他的拳头就越加密集了，简直往死里打。有人冲出来了，一脚将阿光踢翻在地。那个学徒醒过神来，复又站起。随手拿了一根棍子，就开始扑向阿光。阿光反应敏捷，没想到像他这样的胖子，能这么快一跃而起，冲出两个人的包围，抢到一把杀猪刀。杀猪刀在身，两个人不敢向前了。三个人在屠宰场的院子里对峙。

艾米拉着阿光向外走。他们俩一前一后走远了，远离了屠宰场。那两个人也没来追。也许是怕阿光那把杀猪刀，不知道会干出什么来。阿光将那把刀深深插进榕树树干上。

艾米问："那匹马让你想起什么了，你不是一直想杀了那匹马么？听李威克说，你早就恨透了那匹马。"

艾米凑过来了，阿光能闻到她身上的香水味。她身上的香水味，有种奇异的幽香。她属于另一个世界，有一股气流在阿光的身体里横冲直撞，像是大风灌满了帆，膨胀，不停地膨胀。阿光还不习惯这种膨胀，一只拳头又伸进裤兜里。艾米胳膊一扬，不小心触碰到了他的那种膨胀。坚硬如铁，像那把插进树干的杀猪刀，非要刺破点什么。艾米惊了一下，这也是她没想到的，歪着脑袋端详阿光。她意识到面前的是一个男人，可以翻天覆地。阿光还在向后退，突然暴跳如雷，说："我不想再见到你。你去找黑鬼强吧。你们才是一路人。滚吧，滚远点，不要问我那些愚蠢的问题。"说完，自己折身就跑了。向更远处跑，越过一个垃圾桶。

阿光越过一个又一个垃圾桶，又想起今天刚好是12月12日，是东北人和侨民约战的大日子。他激动起来，在大榕树下上蹦下跳。这一次约战和他关系紧密，要不是他的怂恿，也许没有这一天。他早就等不及了。

阿光躲在桥洞里，守候东北人和侨民的约战。傍晚七点半，正是夕阳染红了大海的时候。阿光复又找出长刀来。那柄长刀，一直雪藏在床下。今天他背在肩上，沉甸甸的，从肩膀一直延伸到屁股后面，像是背着行囊。阿光远远看见一艘花船，要是没猜错的话，船里该是陈宏昌和阿宽，也许只有他们两个人。他回家取刀的时候，就知晓了两个人要去花船上过二人世界。在厅堂里，阿宽对阿光笑，像个母亲似的。端庄，不可侵犯，又满怀爱意。阿光低着头，怕迎上去的目光会挫伤这个又老又丑的女人。

这座大桥通向海里，在某个地方戛然而止。不知道这是为什么。一座桥为什么要通向海里。这不是自寻死路么，大海茫茫，看不见彼岸。非要自不量力，将一座桥架在海上。也许只是为了好玩。人类为了好玩，做了多少荒唐事呀。太阳渐渐变大了，是不是有点人之将死其言也善的意思，越是夕阳西下，越是又大又圆。会集在桥下的人越来越多，两群人开始严阵以待了。阿光很少能见到这样的局面。而且太阳就要染红这片海了。

阿光看到了黑鬼强，还看到了更多的人。这么多年过去了，一些人像是只为了这次战斗。侨民突然变得成群结队，这让阿光热血沸腾。他在桥洞里猫着，早就跃跃欲试了。

没想到果真打了起来，一群人和另外一群人劈面相遇。后来在各大媒体，都提到了这次斗殴，有的是头条推出，而且重点说了一个叫陈世光的少年，提一把一米长的钢刀，左冲右突，砍伤不少人，并致死一人。然后少年逃之夭夭，不知去向。

第三部

1

李威克第一次下水表演“与鲨共舞”时，李四妹就躲在人群里。她的目光穿过很多人，看着巨大玻璃缸里的儿子，难过得一屁股蹲在了地上。李威克有一张会说话的眼，似乎正在和所有人说，他不再是从前的李威克了。他戴着面镜，叼着呼吸管，一串串气泡围绕在他周围。也许是玻璃的放大作用，那张脸让她感觉极其陌生。

李四妹掩面抽泣，像是掉进了一个深不见底的洞里，那个洞就是由前呼后拥的人构成的。要不是她身边的男人，她可能会被挤挤挨挨的人踩在脚下。他把她从人窝里拖了出来。他们坐在海龟池旁边，谁也没说话。不过他一直抓着她的手。一只海龟好奇地翘首看她，她也盯着那只海龟，在这个人造海底世界里，海龟早已习以为常。也许是海龟的习以为常让李四妹才得以镇定下来，她说：“他长大了。”她说的是李威克。她冲着那个男人说的，又像是冲着海龟说的，或者海龟头顶上的虚空。她从李威克身上看见了那个法国人的影子。李威克越来越像他，鼻子高耸，眼窝深陷，灰色的眼珠就像是躲在深井里向外张望，连冲人们摆手的样子也像。她害怕想到那一幕又一幕，因此拼命摇头。那个老男人顺势抱住她，嘴里喊着没事没事。他见惯了她犯病的样子，摇头就是犯病前最重要的征兆。她从那艘远洋加工船上下来就得了失语症。这是一种突然不会说话的急症，在外人看来她更像是在装聋作哑。不过这次她并没真的犯病，只是在尽力驱散不停骚扰她的记忆，那是骑在鲨鱼背上的李威克让她想起来的。

李威克不知道她会来。她似乎也不可能会来。所有人都说她和人私奔了，上船出了海。这样的消息起初是没人信的，十年前李四妹从海上归来后就再也没坐过船，甚至连和大海有关的一切都不能在她面前提起。她变得沉默寡言，和人说着说着就突然一言不发，还以为别人得罪了她，她目光呆滞精神恍惚的样子又不像是被惹恼了，其他人这才恍然大悟，她的脑子也许出了问题。后来她疯了的故事就在鱼嘴镇传开了，鱼嘴镇弹丸之地，这样的消息不用一传十就很快人尽皆知。不说话也是个很吓人的毛病。她不只是不说话，而且会像坐禅的老师傅一样，一动不动，形如塑雕。她得了失语症，一年中总有几个月会待在望角疗养院里。这样的人怎么会跟人跑了呢，而且是坐船出了海。越是不可能，鱼嘴镇上的人越相信这是真的。后来李威克也信了，他咒骂这个不要廉耻的女人。他能对这个世界上任何一个人微笑，并对他们以好相待，唯独李四妹不行。他从没对着李四妹笑过。他一生的耻辱都是这个女人带给他的人，别人都喊他洋杂种。

李四妹远远看着那个从天而降的大鱼缸。几条大鲨鱼游来游去，它们闲庭信步的样子像是被放大了的大头观赏鱼。李威克有时会抓住它们的背鳍，逗弄一阵子，像骑马一样，在玻璃缸里转圈，消失又出现。那些鲨鱼摇摇摆摆任人捉弄的模样煞是可爱。坐在李四妹旁边的男人厉声吼了一句："这哪里是鲨鱼。"听说这些鲨鱼都被人撅了牙齿，只剩一副空空的皮囊。没有牙齿的鲨鱼不再是真正的鲨鱼了，就像眼前这个上了岸的老水手。李四妹这才发现身边有这么一个人，正咬牙切齿地诅咒这些鲨鱼，更是诅咒把鲨鱼折磨成观赏鱼的混蛋。

她好好看了看这个人，目光炯炯，额头上有块梧桐树叶形状的青记，更要命的是眉间还有一道深沟，像是被人划了一刀，更可能是自己下的手。他像是那个会对自己不遗余力下手的人。李四妹突然有点怕他，他似乎也觉察出了她的害怕，因此目光变得收敛，没那么咄咄逼人，这对他来说似乎异常艰难。

别人说得没错，她是跟人跑了，坐船出了海。连她自己也不相信，自己只穿着一件睡衣就从望角疗养院逃了出来。更让她难以置信的是竟坐船出了海，而且是跟着眼前这个人。这个把月的逃亡就像是一场梦，但就在第一眼看见与鲨共舞的李威克时，她觉得这一切都毫无意义。她感觉自己又一次上了贼船。

李四妹颓丧地歪在了这个老水手身上。

表演已近尾声，李威克开始谢幕了，这是他人生中的第一次谢幕，他正冲着玻璃外的人群打招呼。两只大脚蹼在另一个世界里轻轻摇摆，看得出他对自己的第一次表演志得意满。和她一起表演的女孩和他手拉手，向观众致意。李四妹知道那个女孩是谁。她从那个古怪的艾米那里听到不少关于这个女孩的小道消息。玻璃缸里的她像一条美人鱼，她竟然美得让李四妹难以置信。她不由自主地嫉妒起来，这个像条鱼似的女孩竟可以和自己的儿子肩并肩手拉手。他们的谢幕似乎在应验她的落幕。她该乖乖地离开了，这里再也不需要她。一只男人的手用力攥了攥她，他似乎知道她正在想什么。他的力道大极了，这样的手不是用来攥女人的手，而是用来拉那些风暴中的渔网的。她被硬生生地攥住了，她只能投降，向这个男人投降，她一辈子都在投降。她看了他一眼，看着那眉间的深沟。那道深沟可以淹没一切。

他们趁乱走出了海底世界。外面的天阴晴不定，他们只有一条路可走，就是回到海上。对于那个叫建平船长的老水手而言，这没什么好怀疑的，再也没回到海上更天经地义的了，可李四妹却有些犹豫不决了。那个玻璃缸里的世界让她感觉世界有多种可能，并不一定要回到海上，那她又是为什么听了老水手的话，冒天下之大不韪地私奔了呢。她由此想到那个和她永远扭在一起的黄水秋。要不是她，李四妹也许不会深夜出逃。

她没想到黄水秋真的杀了张东成。她极其确定是黄水秋下的手，更要命的是，黄水秋在杀人之前找过李四妹，李四妹在毫无征兆的情况下，说了一句“杀了他”。她只是随口说的，没想到张东成果然死了，死于飞来横祸。这样的飞来横祸只有黄水秋能够想得出来。如果她没说这句话，张东成也许死不了。就在张东成遇难的那天晚上，李四妹揪掉头发都难辞其咎，她很想杀了她自己，以此来摆脱那种要命的愧疚。杀掉她自己最好的办法就是出逃，逃到海上去，逃到摇摇晃晃的甲板上，这对她来说比杀了她更让她难挨。她对自己的惩罚后来不可避免地成了一场风花雪月的私奔。海上夕阳的光照落在她的睡衣上以及她身后老水手赤裸的肩膀上，这样的夕阳西下和海上的波光粼粼都在预示着她正处在美好的时光中。她也感觉到了那种美好，不过是美好得让她自惭形秽。白天的美好并没让她心生安宁，却让她噩梦连连。张东成会在梦里追问她，为什么指使黄水秋杀了他，他们往日无怨近日无仇。她会在船舱里一身大汗地醒来，而躺在她身边的男人却以为她又犯病了。她在他眼里就是个疯子，好在他生性乐观，或者说他也是个疯子，疯子就应该和疯子在一起。一个从海上渔船退休的老水手不在家里颐养天年，却花掉平生大部分积蓄买一条破船，围绕着海城一圈圈毫无目的地旋转，这样的人不是疯子又是什么呢。在她午夜醒来，被一个这样的老水手紧紧抱在怀里，竟让她体验到了难以言喻的令人羞耻的幸福。

她走在这个自称是建平船长的老男人身后，却又一次想逃。她该待在家里为那两个表演与鲨共舞的年轻人做饭，即使会遭他们的白眼，白眼又有什么可害怕的呢，总比得上这海上无所依托的漂泊生活吧。她开始怀疑午夜的一次次透不过气的拥抱。前面的男人是个小个子，她似乎是第一次才意识到他这么矮。不过他走得雄赳赳气昂昂，不会想到身后这个女人正在预谋另一次逃亡。

2

在海上漂泊了一个月的李四妹又回到了鱼嘴镇。她一下子变得能言善辩。她是想让全鱼嘴镇的人都知道她病好了，也许她从来都没病。她从碧海蓝天大酒店走到“天之涯海之角”的那块石头旁，就这么走来走去。她不再奇装异服示人，她穿上了本该属于她这个年龄该穿上的衣服。她是个年过半百的女人，和她同岁的很多渔家女人早就怀抱孙子满街招摇了。不过她的所有努力并没换来她想要的。李威克从来没回过家，他明明知道李四妹回来了。这条街上没人说过这孩子的坏话，他从小到大都是对人笑呵呵的。他要是犯了错，人都会说是那个愣头青阿光挑唆的。他是别人眼里的好孩子。就这样一个好孩子，唯独对李四妹麻木不仁。李四妹站在窗前，看车来车往，想着李威克是怎么在自己眼皮子底下长大的。她发现那些回忆是模糊一团，这个新发现让她对李威克深感愧疚。也就是说，她从来不曾是个真正的母亲。只是在李威克骑在鲨鱼背上时，她才真切地意识到那个男孩子来自她，只属于她。

有人敲门，她惊慌失措，以为是李威克。可她又想，李威克是有钥匙的。敲门的人不可能是他，要不然就是建平船长，不是他还会是谁呢？她在开门之前，早就想好了怎么对付这个难缠的船长。她喊他船长。她知道她喊他船长的样子让他着迷甚至倾倒。他为了她喊他一句船长，会不顾一切地找上门来，这是他的一贯作风。他要不来，那才不是他呢。这样一想，她好像不是在等李威克，而是在等那个其实并不了解的船长。她把早就想好的话又想了一遍，发现那些话并不合适，也许是刚才站在窗前的触景生情，让她觉得不该那么说。她更不能喊他船长，这会让他兽性大发，会把她扑倒在到处是李威克气息的房子里。敲门声一直在响，刻不容缓。她去开门了。来人既不是李威克，也不是建平船长，而是欧晓欢。她有点认不出他来了，可还是知道这人就是他。听黄水秋说起过他，他这个逆子，不过他并没长就一副逆子的样子。人站在那里，喊了一声阿姨。声音温柔可人，李四妹很想一把抓住他的手。不过她没有。就在欧晓欢倏忽进来的一刹那，李四妹感觉时光流逝得真快，张东成已经死了一个多月了，她就是在张东成出事的那天登上了建平船长的船打算与其共度余生的。

欧晓欢和她说话的样子，看来没把她当作一个疯子。她对这孩子充满了感激之情。欧晓欢话语间极其确定李四妹知晓黄水秋的下落。李四妹再三否认她不知道，欧晓欢这才最终作罢。他是找黄水秋的，又好像不是。如果只是来找黄水秋的，得悉李四妹一无所知，就该一走了之。他继续傻傻坐着，一动不动，双眼呆滞，倒是像极了李四妹犯病时的样子。李四妹被他这副样子逗乐了。她不该笑，可她还是笑出来了。李四妹笑起来很好看，左侧脸上有个小酒窝。建平船长常常去舔那个酒窝，像是果真有酒似的。欧晓欢被她浅浅一笑弄哭了。他哭着说："他们说她死了。"他说的是黄水秋，死的那个人是黄水秋。李四妹这才意识到事情已经严重到不可收拾的地步。这让她又一次确定自己的确有些不正常，常常不知道周遭正在发生什么。黄水秋也许真的死了，李四妹不知道该如何安慰这个可怜的孩子。她从他身上，看见了李威克的影子。她上前抱住了欧晓欢的侧身。她说："她不可能死。"在李四妹眼里，黄水秋是那个永不知疲倦的人。她风风火火，身上有用不完的力气，永远都硬着脖子，天底下似乎没有她对付不了的难事。这也是李四妹讨厌她的地方，好像这个世界上没有她黄水秋就不行。李四妹因此想起黄水秋最后一次看望她时的模样来了，那个女人一脸憔悴并欲言又止，李四妹是有些幸灾乐祸的，她想说她也有今天。也许那句"杀了他"就是在那样的情境中脱口而出的。

欧晓欢说："张东成是不是她害死的。"原来他更想问这个问题，她不知道怎么回答。她不说话了就是在默认。她只好说："那只是一场意外。即便和她有关系，也和你无关，不是吗，我不明白你为什么这么想知道。"她这么说的时候，竟开始由衷佩服黄水秋的想象力，让张东成从天上一头栽下来，这太像一幕笑剧了。黄水秋就是想让张东成变成一个笑话。她曾对李四妹说过，说他一直在嘲笑她，让她活得人不人鬼不鬼，只有李四妹知道黄水秋这个女人的报复心有多重。欧晓欢说：“我只是想知道她为什么这么干。我也想让他死，我讨厌他，可我没想过真的置他于死地。”李四妹说：“她太骄傲了。”她作为黄水秋为数不多的好朋友之一，总是活在其阴影之下。她能一直保持这种像样的友谊，恰是她天性懦弱，或者善于处处示弱，可到最后黄水秋才恍然大悟，真正强大的人是住在望角疗养院的失语症患者李四妹。欧晓欢说：“这么说果真是她杀了张东成。”李四妹说：“我不知道。我想还不至于。再说张东成的确死于一场意外，没有任何迹象表明是他杀。”越这样说，她就越确定下手的人正是黄水秋。她甚至能联想到滑翔机坠落的一刹那时黄水秋会做何表情。那样的表情就是活脱脱的魔鬼。

欧晓欢说：“我说不清楚。就在我唱那首关于妈妈的歌的时候，我想起了她，我从未那么强烈的思念过她。我看着所有人，那些听我唱歌的所有人，我却想到了她，像是她就躲在人群中正看着我。我拼命找，环视四周，她却消失了。我猛然意识到她可能不在了，我成了孤儿，您能体会到这种感觉吗？只有您李阿姨能够体会我的心情，理解我的感受，是不是。”李四妹说了句是，说完就想到了从前，一个人在遥远西贡流浪的日子，那座城市潮热的气息似乎正扑面而来。她曾在越南芽庄度过燠热的童年以及少女时期，她就是在刚满十八岁的那年只身南下去了西贡，那时的西贡已经叫胡志明市。欧晓欢接着说："后来我就唱不下去了，我发誓我要去找她。其实她根本不是我朝夕相处的那个人。我不管她究竟有没有杀过人，我只是想知道她，知道她心里究竟有多苦。是张东成的死让我知道她一点也不幸福。她消失了，是想找个地方埋葬自己。我想起她给我讲过的一个故事，关于动物死前都会躲起来偷偷死去的故事。"他说不下去了，泣不成声，一脑袋扎进李四妹的怀里。李四妹抱着他，他很小，和李威克一样都只是个孩子。他肩膀瘦削，肩胛骨突出来，像一把刀。李四妹抚摸他的肩胛骨，像是在抚摸一把刀。

欧晓欢突然成了代表他们渔民的歌手，参加过电视台的选秀节目，很快成了海城的名人。记得他曾说过，他讨厌和海洋有关的一切。这才是黄水秋说他是个逆子的真实缘由，他背叛了大海。可吊诡的是，他却突然成了渔民的形象代言，他作为渔民歌手出现在大众视线中。这一点怕是连黄水秋也想不到。这个令她痛惜的儿子，却让他们的鱼嘴镇广为众人所知。他用另一种方式更完美地继承了他们渔民的衣钵。

李四妹突然想告诉欧晓欢，只有她知道黄水秋躲在哪里，想死在哪里。她又觉得没有告诉他的必要。这孩子像李威克一样已经长大了，这些眼泪和苦楚是属于他自己的。他也很快会从这些眼泪中走出来，他会有他自己的人生。这样想下去，她抚摸的那块肩胛骨不像一把刀，更像是会长出翅膀来的骨头。

欧晓欢的一番话，让她感觉她还是属于那片大海。她还是该到海上去。在她怀中正抽噎不止的欧晓欢不会想到一直温柔拍打他的女人正出神地望着窗外，联想到夕阳下的那片大海，大海之上的那艘渔船，渔船之上的那个孤独男人的背影。

她的拍打已经像是在拍打那些海浪了。

3

李四妹又回到海上。不过和上一次不一样的是，这一次更像是回家。建平船长似乎一直在等她，那艘船一直在码头停靠。李四妹知道，她不上船，船不会开的。

在上船时，她还向陆地上深情地回望了一眼，像是永别了。她想看到李威克的身影。她多么希望有那么一个像欧晓欢一样的年轻人正冲她摆手。不过这样的想法并没持续多久，等她踏到甲板上，海风拂面，更重要的是站在她面前的是一直在微笑着的建平船长，这时候李四妹才定下心神，决定到死也跟着这个男人，上刀山下火海也不打算再分开。

李四妹说：“你怎么知道我会回来。”

建平船长说：“你要相信一个老水手的直觉。”

李四妹又想起建平船长第一次找她时的场景来了。那时她还在望角疗养院住着，疗养院里住的大多是一些船员水手还有一些渔民，都是和海洋有关的人。大海除了会让人平静，更多时候会让人发疯。在海上漂泊久了的人看起来都有些异样，会被这些陆地而生的人视为异类。这家疗养院似乎还有国家政策支持，病人们并不需要花太多钱。像李四妹这样的人，更喜欢住在这里躲清静。她讨厌鱼嘴镇，以及鱼嘴镇上贪得无厌的人，当然也包括黄水秋，或者说以黄水秋为代表的人。这么一说，她住在这家疗养院就是为了躲黄水秋这样的人，甚至只是躲她黄水秋一个人。李四妹并不缺钱，船业公司每月会给她发薪水，她成了那家公司人尽皆知的尸位素餐的人，可没人计较她，人对一个疯子还是能轻易表现出宽宏大量来的。不过这也要归功于黄水秋，要不是黄水秋，李四妹也许领不到这些薪水。不过她似乎并不在意这些，就在她一个人在西贡流浪的时候，也没有过那种缺钱的感受。这一点和黄水秋截然不同，即使她家缠万贯一跃成了鱼嘴镇上的女首富时，仍有强烈的那种感受，钱必须多多益善。这也是李四妹不喜欢后来一夜暴富的黄水秋的原因。她总是感觉那个女人变了，不是那个和她在海上待过三年的好姐妹了。在海上时，她们吃睡都在一起，要不是那种相濡以沫的姐妹情，李四妹早就跳海了结了自己。活着对她并没多少诱惑，就连李威克也没让她放在心上。她是恨李威克的，要不是多出个儿子，她也许能过上另外一种生活，反过来，她又恨自己这么想，李威克是无辜的。

李四妹的疗养院生活单一枯燥，有的只是每天下下棋看看书，追一追电视剧。不过她倒过得津津有味，就在寻常的某一天，一个老男人突如其来闯了进来。这个叫建平船长的老人站在疗养院门口，和看门老头互相凝视。那个老头还以为某个不具名的疯子跑了出去又溜了回来。也许是年龄相仿的原因，看门老头莫名憎恨这个不速之客，说这个疗养院从来没有过一个叫李四妹的女人。他在睁眼说瞎话，有的人说起谎话来坚定的样子真是让人难过。一个老头有时会莫名愤恨另一个老头，尤其是眼前这个叫建平的老头倔强得令人不安。建平船长身上始终有一股令人不安的气息。他眼睛一睁，就让看门老头下意识地一躲。他的眼角皱纹细密如麻，一皱眉，呈现出猫科动物发怒时的样子。也许是看门老头突然意识到这样的持续对他没有好处，他才开始反复念叨李四妹的名字，说好像住着这么一个人。

李四妹最终见到了建平船长。他们是老相识了，不过李四妹没想到他会来找她。就在他们面面相对的时候，两个人都没有认出对方来。这让他们略显尴尬，只好伸手来握。这个握手的场景时常被李四妹在后来的日子里想起，她也搞不明白，为什么会把这个曾经在身旁晃悠了足有三年之久的男人忘得一干二净。建平船长也没有认出李四妹，是因为李四妹胖了，常年吃那些抗抑郁的药物让她胖得像个大头娃娃。不过那双眼睛仍是摄人心魄，黄水秋说得好，说她长了一双婊子的眼睛。当年在那艘漂泊在大西洋深处的深海鱼加工船上，不少船员被她这一双眼睛迷倒过，其中就有这个建平船长。他来找她，也许就是奔着李四妹当年顾盼神飞的神采才来的。眼睛是心灵的窗户，眼睛也最容易骗人，李四妹让船上不少人吃了闭门羹，反倒是那个总是冷眼相看的黄水秋倒给不少男人以真正的安慰。

当时船上只有她们两个女人，她们也是因为船上开出的惊人薪水，才壮着胆子上了那艘开往非洲西海岸的加工船。一上船她们就被船舱上密密麻麻的裸体画给吓到了。舱壁上贴得到处都是，画上的女人们张开双腿迎接她们，这让她们感到恶心，吐了三天的苦水。当然吐苦水也许是晕船的后果，不过那些裸体画无疑加重了她们的晕船反应。她们感觉到羊入虎口，因此分外谨慎，除了三点一线，绝不在甲板上晃荡。她们的三点一线咫尺之遥，工作吃饭睡觉几乎就在同一个地方。她们是作为会计被招聘到船上来的，起初她们只是点头之交，就是因为羊入虎口的惺惺相惜，让她们的姐妹情瞬间提升到秤不离砣砣不离秤的美好状态中。后来李四妹常常想起那段美好的时光，男人们远远地看着她们，并不敢真正靠近，她们俩生活在一个单独船舱里，无人打扰。可她们知道舱壁外有一群秃鹫一样的眼睛。他们正在想象女人们躲起来正在干什么。李四妹不仅为突然萌生的来自黄水秋的友谊感动，又为那些男人们对她的想象感到兴奋。她从小到大都没有过身处人群中心的感觉，这个简单到让人窒息的船舱却成了她人生中的舞台。有时她们会虚掩着门，甚至半开着，她们想让他们其中之一走进来，有人开始探头探脑。第一个走进来的人就是建平船长。建平船长根本不是船长，他当时在船上干着什么，她们还不知道，可一眼就发现这个男人饱经风霜。也许是他眼角周围密密麻麻的鱼尾纹，还有那一蹙眉时，额头上纵横交错的褶皱，他给人留下了深思熟虑的印象，也就是说，他是让人放心的人。等他们三个人混熟了，建平船长说，这是被海风吹出来的。说这句话时，他满脸骄傲，这样的骄傲让李四妹对他心生厌烦，他已经像一个被剥开的贝壳似的，被扔到了另一个箩筐里。没想到的是，十年后李四妹又把这个贝壳捡回来了。建平船长只去那个疗养院看过她一次，和她说了他自己的愿望，说他买了一艘渔船，打算后半辈子就在海上度过，问她愿意和他一起吗。他们之间十年没有联系了，还没说五分钟的话，建平船长就想让她跟着他过下半辈子。李四妹先是为这样的话感到震惊，后来想想自己的后半辈子也没多久了，更重要的是前半辈子如此草草，后半辈子也好不到哪里去，跟着他去海上也不失为一种可能。她笑了，建平船长也笑了。他们笑得既无奈又诡异，分别后的十年突然更像一场梦，而一起去海上生活倒像是梦醒了。

李四妹胖了，但胖得并不难看，反而让她显得贵气逼人。黄水秋和她站在一起，会让人有一种错觉，以为那个鱼嘴镇的女首富是李四妹，而不是黄水秋。建平船长也许有过准备，那就是无论李四妹变成什么糟糕的样子，他都会说出早就准备好的话，带她出海，在海上过完余生。这对建平船长来说，是救苦救难，像她这样的女疯子，有人来收留，还不投桃报李。李四妹却想到那闭塞的船舱和让人想自杀的空旷，她还是拒绝了，笑过以后拼命摇了摇头，看来绝无可能。她一本正经地说，自己再也承受不了海洋了。建平船长灰溜溜地走了。他在和那个看门老头说再见的时候，不会想到七天后李四妹就在深夜穿着睡衣上了船。那天晚上，她给他打电话，他的船仍在码头上停着呢，他还没出海，他在等着她。要是让他说，他还可能会说，她一定会来的。为什么呢，他会说，要相信一个老水手的直觉。他的直觉没有错，李四妹趁着夜色果真跑来了。她在建平船长给她的七天期限内的最后一天上了那艘船。

一个月后，李四妹又一次跑来。不过这一次她已经做好了海上漂泊后半生的准备，不像上次那么草率。她上了船，喊了一声船长。她除了有一双勾人的眼睛，还有一副甜腻的嗓音。这一点也不同于黄水秋，黄水秋的嗓音低沉凝重。李四妹有一次开玩笑说黄水秋的身体里藏着一个男人。可黄水秋一旦娇媚起来却更为撩人，有时眼神和嗓音多么不值一提，黄水秋知道要男人命的东西根本不是这个，她深谙其道。相反，李四妹虽说声音婉转眼神摄人，可她只是一只鸟，一只笨鸟。她仔细端详靠在船舷上的建平船长，想了想他为什么想把后半生寄托在无路可走的大海之上呢。她实在不明白这个男人为什么要这么做，凭着他的退休金完全可以像那些海城的老头一样，在公园里蹓蹓鸟养养花。更让她难以理解的是，自己也不要命地跟着上了船。她又喊了一声船长，这声船长就是某种暗示。建平船长扑过来了，李四妹在甲板上四处绕着圈跑。一个追一个跑，最后李四妹无路可走，被建平船长堵在了角落里。建平船长目露凶光，像一头游过来的鲨鱼。可李四妹并不真的害怕，她只是做出害怕的样子来，她知道怎样讨他欢心。李四妹是想笑，这样的游戏玩多了，人就忍不住想笑。她假装瑟瑟发抖，可肩膀的耸动正在出卖她，她憋着笑。建平船长似乎被她激怒了，冲上来就给了她一下。她一趔趄，脑袋撞在仓壁上，身体背对着建平船长。她回头怯生生地看他。他走过来，像扒渔网似地扒李四妹的裤子。她光着屁股对着他，建平船长却一屁股蹲了下去，头侧向一边，眼望辽阔的大海。还是不行，没有一次能真正硬起来。李四妹忙转身安慰他，轻声喊他船长。建平船长说了一句，风暴就要来了。他像个可怜的孩子，张望着海上的乌云。

4

这艘船并不大，而且老得够呛。从前面看，像是长满胡须。船体暗黑斑驳，那是年复一年的风浪留给这艘船的记忆。不过它并不衰败，反给人一种高贵的感觉，在风浪中的摇摆也悠然自得。风势渐大，很多船只都返回到港口里了，下了锚，被粗重的锁链锁上，再大的风浪也不用担心了。只有这艘船却迎着风，向大海深处继续艰难地行进。渔船上只有两个人，李四妹和建平船长。

他们是去寻白海豚了。风暴之前的白海豚常会成群结队地从海里跳来跳去。建平船长又从忧郁中恢复过来，仿佛什么都没发生过。李四妹却想起了多年前的一个夜晚。在风暴来临前的这一刻，她一遍遍回想另一个风暴来临前的夜晚。风一点点大起来，浪头像是要劈面而来。不过让李四妹感到奇怪的是，建平船长并没有出现在她的记忆里。他们一起在船上共患难过三年，却让李四妹很少感受到这个人的存在。按道理说，建平船长理应在那艘船上，况且他也不是轻易被人忽视的人。在李四妹的想象中，他是不在场的。他更像个幽灵，李四妹拼命想那个不存在的建平船长究竟干过些什么。

她用手轻轻拍打着建平船长的脊背，像是在安慰一个失败了的英雄，却想起另外一个男人。也就是说，她并不是在拍打建平船长，而是拍打另外一个男人。当然也是在拍打她自己。

那天夜里一个叫丁公鱼的男人跳了海，她想起了那个风暴来临前的夜晚。丁公鱼是他的外号，平时热情开朗，是那个最不被人怀疑会跳海轻生的人。李四妹思念这个男人，心痛得想哭。她甚至想起这个男人用中指拨头发时的样子。他喜欢在她们面前耍帅。那时李四妹不仅要兼职会计出纳，还在做餐厅服务员。不少人讨好她，喊她煎鱼西施（她的鱼煎得异常美味，当然那些男人说要吃煎鱼的时候，也有性暗示的成分）。也许煎鱼西施这个外号就是丁公鱼给起的。他是船上为数不多富有想象力的一个家伙，不过李四妹并不喜欢他，不知道是为什么，也许他给人一种轻浮草率的错觉，错觉是她过了许多年后才感受到的。那个男人其实并不是她想象中的那个样子，他的跳海就是为了证明那个错误，这也让她因此得上了失语症。她没什么好说的了。她后悔没和他春宵一度。她后悔得想死，这也让她十年不曾吃鱼。要不是建平船长，她可能一辈子都不再吃鱼了。等她再次吃鱼的时候，鱼竟好吃得让她发疯。

那艘深海鱼加工船比他们现在这艘老渔船要大个十几倍，甚至更大，甲板上可以跑个百米冲刺。这样的船像是出水的巨鲸，甲板高高在上，从船舷上一跃而下，就像是十米跳台。丁公鱼竟然跳下去了。当时海面上已经开始下雨，风势渐大，像他这样不会水的人（加工船上不少人都不会游泳，这可能也是他外号的缘起）落入水中，结果可想而知，连一句救命都没喊出来，便淹没在风浪之中。听其他人说，他们听到了他的呼喊声，只是异常短促，让人不觉得那像是在喊救命。可这一切都是在李四妹的眼皮子底下发生的。她只是一回神，丁公鱼便消失不见了，她还以为这又是他的一次让人倒胃口的表演。当她探头向下看时，才发现丁公鱼跳了下去。这时她应该大叫才对，她却出奇的冷静，像是掉在海里的丁公鱼已经死了，而不是正在垂死挣扎。她没大叫大喊，而是静悄悄地溜了回去一脑袋钻进船舱里，若无其事地和黄水秋说话，表示丁公鱼的跳海和自己无关。她对黄水秋说她上厕所去了，黄水秋表示不相信，言语之间怀疑她和某个男船员鬼混。李四妹蜷缩在被子里想象海水中的丁公鱼，一群鱼正在疯抢他，你一口我一口。她还是没忍住，跑到厕所狂吐不止，这才如梦方醒。她感觉自己刚杀了一个人，而且是爱她的人。这种想象持续了十年之久。十年后李四妹注视着波涛滚滚的海水，像是又一次看到了丁公鱼的挣扎，这让她也有了第一次跳下去的冲动。她不是没想过死，可她从没想过跳海这种死法。她认为这种死法极其残忍。她能感觉到那些鱼群会围过来，将她吃个一干二净。

当时丁公鱼若无其事地靠在船舷上，没有想要跳下去的丝毫征兆。后来她一遍遍回想终于发现她可能是丁公鱼身上的最后一根稻草。也就是说要不是李四妹的决绝和嘲讽，他不会跳下去的。或者说，他已经对船上的生活忍无可忍了，想从李四妹身上得到一些安慰，哪怕是一个拥抱。她却把他当成一个笑话。

李四妹想在丁公鱼身上表现出骄傲，当然不止在他一个人面前。她想让自己变成加工船的中心，所有人都仰慕她，又得不到她。在这一点上，她的内心有和黄水秋一较高下的隐秘。事实上她又为那些男人踟蹰不前感到憎恨，这些人似乎认定了她只可远观不可亵玩，宁可挨在她们船舱隔壁用手解决，也不上来表白。丁公鱼算是最浪漫的一个，他靠在船舷上像个诗人。这也是李四妹后来才想到的，丁公鱼也许在她十年的想象中早就面目全非。不过这不重要，重要的是李四妹在当时并没那么想。她想的就是不让丁公鱼那么轻易得逞，她感觉这个男人就是为了占她便宜。其实她并不觉得自己有多么高不可攀，或者这样说，和丁公鱼睡上一觉也没什么了不起的，她都没把这个放在心上。像她这样的单亲妈妈并不自视甚高。她骨子里是自卑的，这种自卑反让她有了一种令她自己也厌恶的骄矜。她一点也不像黄水秋，黄水秋的自轻自贱恰恰是有的放矢，她知道自己在做什么。在丁公鱼跳海之前，黄水秋已经和船上好几个男人发生过关系，这已经变得人尽皆知，而且也没什么大惊小怪的，船上就是一座孤岛。李四妹有几次目睹，见识过黄水秋那粗重的呼吸以及像浪涛一样一浪高过一浪的呻吟，她记得当时的自己紧张得要命，像是躺在那里或者撅着屁股的女人正是她，而不是黄水秋。她甚至感觉到自己整个身体在随着她呻吟的律动颤抖。李四妹从此想做个和黄水秋不一样的人。这和她们在岸上的形象大为迥异。黄水秋给人留下的印象是贤妻良母，老公因和别人打赌憋死在海水里，她为他的死感到愤怒，一怒之下就离开了鱼嘴镇，跑得远远的，跑到了这一望无尽的大海之上。这是一次自我流放。镇上的人都想为她这样的一鼓作气立一个贞节牌坊。而李四妹呢，在宾馆做服务员的时候就落下了婊子的名声，其间还和一个法国记者搞上了，并且生下了一个孩子，那个孩子就是李威克。李四妹也上了这艘船，鱼嘴镇上的人无不想象，她是怎样翻手为云覆手为雨的，这也是他们津津乐道的，可能有的人还会说多亏有个黄水秋，意思是黄水秋会让李四妹有所收敛，别丢尽了他们鱼嘴镇渔家女人的脸。事实却出人意料，那个守身如玉的人成了李四妹。

后来李四妹就在对丁公鱼的愧疚和懊悔中得了失语症。她不相信自己竟然见死不救，认为那个从船舷上跑开的人不是她，而是另一个人的附体。

李四妹又在船上待了一年。这一年中她看着黄水秋新人换旧人，自己只是冷眼相看。她也有过一次和男人的近距离接触，这个人就是建平船长。建平根本不是船长，大家喊他船长是对他的一次嘲讽。船长就这么一声声喊起来了。他似乎乐意听到别人叫他船长。成为船长是他的毕生理想，可他永远成不了船长，他已经作为轮机二副退了休。如果做了船长，他会是个好船长，李四妹这么安慰他。他现在买了一艘船，成了李四妹一个人的船长。李四妹常常想，她要是不上他的船，他又会怎样。他会不会一个人仍坚持去海上生活。她知道他已经离不开大海了，死也要死在海上，岸上的生活让他魂不守舍，他说那天他走在大街上突然不知道要去哪里，连路都不会走了，他就站在马路正中央，旁边的汽车不停地对他鸣笛，那一刻他觉得他必须回到海上。李四妹想象出这个老水手站在马路中央的窘迫，从这个角度来看，是她李四妹救了他，她上了他的船。李四妹知道，他并没那么笃定李四妹会上船，只是多年的航海生涯让他变得更有耐心。李四妹是那条需要耐心才能对付的大鱼。

那艘船正驶向怒海波涛中。他们似乎没表现出一丝惧怕来。

李四妹由丁公鱼的跳海又想到了建平船长。那一次建平船长把她逼到了一个底舱里，李四妹也做好了一切准备，一声不吭地等着船长逼上来。她并不准备反抗，甚至有投怀送抱的冲动。这个名不见经传的假船长，让她突然想脱光自己的衣服。底舱内的发动机正在轰鸣，这样的轰鸣正好掩盖他们所有的声响。就在李四妹钻进了建平船长的怀里时，建平船长却颓丧地歪在舱壁上了。他的一声哀号刺破了发动机的轰鸣，李四妹这才知道他患有阳痿症。不过建平船长解释过，说他听着她们说话的声音就可以，他发誓说这是真的。发誓更让他们尴尬，后来李四妹都不敢直视建平船长的眼睛，怕她的眼神让他更难过。他的发誓也暴露了建平船长经常贴着舱壁听黄水秋和李四妹的窃窃私语。李四妹想到船员们接二连三地偷听她们说话，并没感觉厌恶，反而让她有一种胜利感。她似乎赢了什么，不过又什么也没赢。她感觉那些船上的男同事们都很可爱，不像黄水秋所说的人人自危，一不小心就会掉进别人的陷阱里。也许黄水秋是对的，要不然她怎么会在接下来的十年里打造了一个商业帝国呢。她早就能洞悉人心的尔虞我诈。和黄水秋要好的那些男同事都是船上响当当的人物，像建平船长和丁公鱼这样的人她才懒得搭理呢。对于丁公鱼的死，黄水秋并没表现出诧异来。不过当提起建平船长的阳痿症时，她倒笑得前仰后合，说她早就看出来了。

5

他们经历了一场海上风暴。风暴谈不上，只是一场疾风骤雨。但对他们来说，这就是一场风暴。不过令人遗憾的是，他们并没在风暴中看到一跃而出的白海豚。这场风雨来得快去得也快。大海渐渐平息下来。

风平浪静后，他们第一个谈起的人竟是黄水秋。建平船长说到黄水秋更像是大海的女儿，而她李四妹一点也不像。李四妹突然发现其实自己的一生都在和黄水秋较劲。她以另辟蹊径的方式和黄水秋对着干，起初她以为是自己输了，可当黄水秋最后一次找她时，她发现没输没赢。而且她会想，人不该这么较劲。她们从来不是对手，她们是一条船上的人。既然建平船长这么说，十年前的那艘船上的所有人也会这么说，她们是在那艘船上才有了对手的感觉。

建平船长还说到黄水秋的过去，说她是个苦命人。李四妹反驳说，难道她不是苦命人吗？建平船长说她苦命是因为老公死得像个玩笑。他因此对着苍茫的大海笑起来，笑声有一种凄厉的感觉。这也让李四妹感觉忧伤，他们初在一起时就这样，因此李四妹想到他们俩不会有什么好结果，很可能会死于风暴中的船翻人亡。不过这也没什么不好，她倒宁愿这么死去。她一点也不像黄水秋，那个人太怕死了。在黄水秋说起自己得上家族遗传病时，声音颤抖。李四妹看不起她惜命的样子。不过她似乎有充分的理由怕死，就在不久前她还为那么多家产发愁。

李四妹的思绪又被建平船长的一个新问题给打断了，她倒从没想过这个问题。建平船长问："黄水秋是不是在船上挣了很多钱。"李四妹被这个问题问愣了，过了许久才说："她挣得和我一样多呀。"建平船长的笑似乎在说李四妹可真够单纯的。他的意思是黄水秋在船上挣够了钱才上岸开始做生意的。她挣了第一桶金，在那艘船上，在李四妹的眼皮子底下。也就是说黄水秋和李四妹做着同样的工作却挣到了更多的钱，比更多还要多得多，要不然她怎么一上岸就入股了那家最大的渔业公司呢。李四妹还记得她入股前的踟蹰。她知道黄水秋的踟蹰是假的，是表演给别人看的，其实她早就拿定了主意。这个人从来都是独断专行的。李四妹因这么想一下子放松下来，这让她说过的那句杀了他丧失了具体的意义，事实上黄水秋早就下定了决心，她只是表演她的犹豫不决给李四妹看，并想让李四妹一起分担她的负罪感。

建平船长说："你小看她了。"他这句话也让李四妹感到困惑，她并未流露出她是个胜利者的角色。她都变成一个精神病人了，还有什么可骄傲的。建平船长说："这就是你骄傲的地方，你总是在拒绝。"从前他不这么说话，一场风暴正让他变成另外一个人，说起话来有点像丁公鱼了。在李四妹看来，他是个倔强的不安的老头，他的倔强来自多年的海上航行生涯，不安来自他的阳痿症，让他觉得世界矛盾重重，一个这么硬朗的外表之下竟有一个孱弱的部分。李四妹说："我没和任何人比过，我也从没小看过她。"她在撒谎，可她还是会这么说。建平船长说："她是个妓女。"李四妹被这句话震惊了。建平船长说不是卖淫怎么会挣到这么多钱呢。李四妹说他胡说八道，让他不要再说下去了。可是她的内心想让他说下去。她感到震惊，除了震惊于黄水秋原来如此之外，她还对建平船长说这番话时恶狠狠的语气惊诧。他完全可以轻描淡写地说。她又开始回忆那段海上岁月。她突然想到她们一上岸，黄水秋就会消失一段时间，难道她是去存钱了。黄水秋不像他们这些人，吃喝玩乐，不把船上挣的钱当钱，有了今天没明天。建平船长说："不过她是个苦命人。"他这么说，像是他曾爱过这个女人。他们因此沉默下来。李四妹已经忘记了建平船长和黄水秋交往的细节。他们在她的回忆里不曾有过交集。

李四妹借机说到更远的过去，说她在西贡的那些日子。她从遥远的北方一路南下，只身来到了那个炎热的城市。那一段路程现在想来仍惊心动魄，她说给建平船长听。他知道鱼嘴镇的来历，知道他们这些人究竟从哪里来。不过对于他这样的人来说，似乎早就见惯不怪了。他只是啧啧感叹于李四妹也有过如此躁动的青春。她说起那次离家出走时竟满脸向往，说她至今不后悔，说那是她这辈子做过最勇敢的事情。那个城市让她感觉到新生，建平船长让她说说究竟什么新生。她说："就是那种生机勃勃的感觉。"建平船长说："就像春天一样。"李四妹附和一句："就像春天一样。"他们说的是20世纪80年代的胡志明市。后来她的一个亲戚找到她，说她们全家都去了中国。李四妹说："我知道我们迟早是要回中国的。"建平船长明白她在说什么，就点了点头。她没说她在那个城市经历了什么，建平船长也没问。估计对他来说，早就不重要了，或者说从来都不重要。那艘船上的灯一直照耀着一小块海面，也许是天快亮了，灯光黯淡下来。他们钻进舱里，准备睡觉。两个人抱在一起，不知道是谁先睡了过去，另一个人没过多久也睡着了。

一觉醒来日头偏西。李四妹第一句话就是要去找黄水秋。她知道她在哪里。建平船长想也没想就答应了，问她在哪里。李四妹说："还记得那个勺子岛吗？"李四妹极其确定黄水秋一行人就躲在南海的勺子岛上。这个岛渺小极了，小得可以忽略不计。岛上住着几户渔民，过着不知今夕是何年的日子。黄水秋和她提起过这个岛，说她想死在那里。李四妹梦见了那个岛，不过她并没见到黄水秋，而是见到成群结队的鸟。那些鸟密密麻麻，发出一声声怪叫。那怪叫后来在她的梦里变成一首歌。她极其熟悉那首歌的旋律，可又想不起来名字。从梦中醒来，她感觉这是不祥之兆，那首歌也许是黄水秋的葬礼。也就是说就在他们谈天说地的昨夜，黄水秋已经离开这个世界了。她想为她收尸。他们的船向那个小岛开拔。

6

这时候，建平船长更像个船长了。当一艘船有了具体的目的地，似乎也变得斗志昂扬。建平船长歪歪戴着一顶帽子，很像一个老海盗。李四妹在厨房里做鱼汤。不知何时，建平船长溜到她身后，紧紧贴着她。她亲昵地喊一声船长。建平船长像是被激励了一下，双手环抱住她的上身。他比她矮一点，这样一来建平船长就像个考拉。

他们在一起喝鱼汤的时候，又开始回忆他们曾经一起共事过的那艘船。这一天一夜他们一直沉浸在过去中。他们说到安哥拉海岸，说到丁公鱼在自杀之前和一个非洲小妞睡过觉。说到丁公鱼的时候，李四妹心里一颤，不过她颇为轻松地掩饰过去了。没人知道她和丁公鱼的死有关系，就连黄水秋也不知道，但听建平船长说他上岸去过安哥拉的红灯区还是让她大吃一惊，不过她面不改色，继续若无其事地听下去。建平船长接着说到他因为情伤才跳的海。正当李四妹感觉事情已经彻底败露的时候，他说丁公鱼喜欢黄水秋，黄水秋毫不留情地拒绝了他，丁公鱼感到绝望才跳的海。李四妹说丁公鱼的跳海和黄水秋没有一点关系，丁公鱼是忧郁症。建平船长反驳说船上的人哪个没有忧郁症，接着说到了黄水秋拒绝丁公鱼的场景。那个场景和她拒绝丁公鱼时颇为相似，只是女主角由李四妹换成了黄水秋，这也让李四妹一度怀疑是不是自己出了错，那个拒绝丁公鱼的人并不是自己，而是黄水秋。自从得了奇怪的失语症后，她对自己的记忆也没有了信心。李四妹质问建平船长，说那个女人有没有可能是她，而不是黄水秋。建平船长又笑了，说丁公鱼不可能喜欢她。李四妹问为什么？建平船长微笑不语。她发现他们那些男船员的世界是另一个天地，除此之外她还感觉到自己在建平船长的眼里就是个女疯子，从一开始就是。他一直觉得她是个女疯子，或者说就因为她是个女疯子他才找上她。和一个女疯子在一起，就像是给自己设了一道屏障，他会感到安全。想到这里，李四妹开始浑身发抖。她不敢再往下想了，继续想就会想到她的死。没人会顾得上一个女疯子的死活，或者说一个女疯子的死自有死的道理，不太惹人生疑。她看着正目视前方小岛的建平船长的后脑，心想他是个阴险的人，一个阴险的人才会在那艘生活过三年的船上没给人留下太多的印象。就在建平船长退休后初次来找她时，她仿佛记得这个人，又好像是个陌生人。看来那些人喊他船长不是嘲讽，他也许天生就是个船长，只是因缘际会永远成不了船长。她又觉得这人有几分可怜，他越摆出船长的样子来就显得越可怜。他没那么可怕了，李四妹还是能反客为主的。他是有些阴险，也许并不坏，李四妹这么安慰自己。

勺子岛就像是一个勺子，他们要在勺子把上靠岸。建平船长向大海里抛下去一条皮划艇，李四妹感觉像是抛下一个活生生的人。两个人一前一后划着皮划艇向浅水区划去。小岛并不像李四妹梦里那样的鸟语花香，反而有一种荒凉和破败的颓相。李四妹渐渐担心起来，担心自己猜错了，黄水秋并没来过这里。这只是一个无人问津的荒岛，毒蛇密布，说不定有去无回。李四妹怯生生地说："我们回去吧。"建平船长感到疑惑，不再划了。他皱了皱眉头，意思是李四妹在耍他。他瞪视她的样子像是要把她扔到海里。她感觉他迟早会把她扔到海里。他引诱她上船就是为了有朝一日把她喂鱼。

上岸后，李四妹突然感觉成了另外一个人，臀部肥大，像个椰子。她跟在建平船长的后面，左顾右看。建平船长回头看她。四目相对，李四妹因此滋生了一种共患难的情绪。她抓着他的衣角，两个人直奔炊烟升起的地方。

他们没有找到黄水秋，却找到了阿光。黄水秋的确来过，可她又走了，一个人走了，不知所踪。阿光说她死了，不过死未见尸。李四妹突然感觉阿光不是她从前认识的那个阿光。阿光让她想起另外一个人，十年前那艘深海鱼加工船上的真正的船长，一个看起来恶狠狠但内心柔情似水的人。阿光说起话来咬牙切齿，像是对别人正发号施令。他还长起一层细密的胡须，喉结也变得异常粗大，说话间上下滚动，这让他不太像十六岁，又让他显得邋里邋遢。李四妹很想过去摸摸他，拍拍他的后脑勺。他除了让她想起已故的船长之外，也想起了她的儿子李威克。李威克和阿光在鱼嘴镇的风情街上是密不可分的，若只见到其中一个，人就会问另外一个去哪里了。她看着阿光形单影只，并且流落到这个荒岛上，她的眼神开始充满慈爱。阿光并不领情，在他眼里，李四妹只是个女疯子，不是李威克的妈妈。当然也是个曾经和“大洋马”睡过觉的女人，这更加让她鄙夷。不过阿光只是在不经意间表现出一丝冷漠，不似先前有那么激烈的敌意。他越是这样，李四妹就越为之动容。她不知道这孩子究竟经历了什么，但她确定他经历了很多，经历了一个少年本不该经历的。她还是摸了摸他的头。他的头发凌乱，李四妹很想帮他梳一梳。阿光没有躲闪，任由她捋顺一头乱发。看他目光闪烁，也许正在想李威克，那个海那边儿的朋友。他动情地问了一句：“他是不是已经回来了。”他问的是李威克，他想知道李威克正在干什么，是不是已如他所愿，成了一名表演“与鲨共舞”的演员。阿光问了一句关于李威克的话，李四妹更加激动了，竟张开双臂抱住了阿光，说：“他很好。”这句话翻来覆去说个不停，像是那个被惦念的李威克已遭不测，这句“他很好”只是个轻易被识破的安慰。阿光也被伤感的情绪感染了，双眼有点泛红。在这样的荒岛之上，他究竟有多想念李威克，看看那张黑黢黢的脸就知道了。这样的拥抱持续了很久，站在一旁的建平船长提醒他们，更是在提醒李四妹。他像看杀人犯一样看着阿光。他知道阿光是个在逃犯。他杀人的故事早就家喻户晓，曾背着一把大砍刀在人群中左冲右突，像是《水浒传》里的猛张飞，鱼嘴镇已经很久没有这样的人值得传说了。那些人在说起阿光的这段经历时不像是在说一个恶徒，反而像是传颂一个英雄。不少人在说后生可畏，鱼嘴镇这些渔民的后代们都该学学他的血气方刚。阿光没有想到，他一下子成了年轻的英雄。一个多月前他灰溜溜地登上黄水秋家的渔船，坐在渔船之上眼望茫茫大海，前方未卜绝望透顶，就连这样的机会还是他讨厌的父亲从黄水秋那里乞求来的。他甚至想陈宏昌是不是给黄水秋磕过头，不管有没有磕过头，陈宏昌跪在黄水秋脚下的形象已经在他的脑海里翻来覆去了。建平船长似乎是嫉妒这个少年英雄，有的人轻而易举就能获得别人的盛誉和关注。其实他喜欢这愣头愣脑的家伙，甚至察觉出他愣头愣脑背后的狡猾。

阿光带他们去了一个地方，那是勺子岛最高的地方了。一路上，他们都没说话，只顾向前走。世界在他们眼前越来越开阔，李四妹已经猜出来了，黄水秋就是从这最高的地方跳了下去。这很像她的死法，决绝，有雄心，要摔就摔个粉碎。建平船长说："这里真美。"垂下头走路的李四妹无暇看这片岛上风光，她已经掉进了对黄水秋自杀的想象中了。

黄水秋还有个双胞胎妹妹，黄水秋不止一次地提起过这个妹妹，提起妹妹的跳崖，这对她来说无疑就是一种难以抗拒的召唤。李四妹越这么想，心情随之越发沉重。等他们登上最高点时，迎面而来的就是一座孤坟，看上去不像是个坟头，只是由零碎的石块堆砌成一个古怪的凸起。石头间的缝隙表明里一无所有。黄水秋死不见尸，这也很像黄水秋的做法，她不想让很多人看到她的死相，到最后她都不会给别人怜悯和同情自己的机会。阿光说："她就是从这里跳了下去。"说这句话时有些哽咽，像是在说一个至亲的人的死。李四妹感到诧异，阿光不是对黄水秋恨之入骨么，还曾烧过她家的汽车。火烧汽车的举动也震惊了鱼嘴镇，这孩子似乎一直在酝酿惊人之举，冷不丁吓所有人一跳。不过烧汽车的事却让他臭名昭著，不少人都说是陈家生了他这样的孽障，全家都跟着受牵连，迟早是个大祸害。他们说得没错，阿光这小子到最后终于成了一个大祸害，如今有家不能回，逃到这孤岛上不知何时是尽头。李四妹痴痴望着她，说了一句："你怎么知道她跳了下去。"阿光恶狠狠地说："我就是知道，她一定是从这里跳下去的。"他身上有一股邪劲，这股劲头倒有点黄水秋的作派。李四妹不清楚阿光和黄水秋之间发生过什么，让他们之间的关系像极了母子。这石头坟也是阿光徒手砌起来的，他在说起黄水秋的时候更像在说一个母亲。

就算黄水秋真的跳了海，李四妹却并不伤心，连她也纳闷自己竟如此镇静，还在和阿光开玩笑。也许黄水秋在她心里已经死过很多回了。李四妹向下探了探头，腿脚发麻，这让她由衷钦佩黄水秋这个人。李四妹说："她有没有可能上了船。"

阿光拼命摇头，说："鸟不拉屎的地方怎么会有船。"建平船长凑过来，说："你看那不是有一艘船吗？"他指向阿光的身后。阿光背过身去，看到一艘渔船，就像一叶扁舟。阿光用怀疑的口吻问了一句："那不是你们的船么？"建平船长还没这么远距离看过自己那艘船，它像一艘别人的船。李四妹也去看那艘船，这让她感觉像在一个梦里。阿光突然双膝跪地，喊了一声："李阿姨来看您了。"说罢弯腰叩头。李四妹被阿光弄得手足无措，她不知道该怎么办，或者说些什么。阿光匍匐下来，肩膀耸动，他是真的在哭。阿光身上有一种感召的能力，在他身边会不自觉地跟着他的想法进行下去。李四妹选择跪下，说了一句："阿秋，我来看你了。"建平船长被他们同时跪下的场面弄得哭笑不得，掏出一支烟来，用来掩饰想笑出来的冲动。

7

哀悼过后，他们像是确定了黄水秋的死。下山的路上，三个人轻松了很多。这番悼念让他们觉得对得起那个跳海的人了。阿光问到黄水秋阿姨的过去，他对她的过去充满好奇。李四妹开始总结黄水秋的一生。建平船长偶尔会插一句。阿光这才知道建平船长竟然也是那艘渔业加工船上的人。李四妹一边说一边想，想该怎样给这孩子诉说黄水秋的生平，当然她说出来的和她想说的并不一样，就连李四妹自己也想不清楚。她的人生有几个疑点，比如她妹妹的死和她究竟有什么关系，她为什么没有和她妈妈一起去英国而是选择一个人孤零零地回来找她并不喜欢的父亲生活下去，还有她是否在那艘船上卖过淫，她有没有杀害张东成等等。这是她一系列的心理活动，可她正在说的却是一个女中豪杰黄水秋。阿光信以为真，李四妹这才觉得他只是个孩子。她开始心痛，是因为她又一次想起李威克。她开始对比这两个人，他们似乎是天然的对立面。不过建平船长早就厌烦了谈论黄水秋，他将话题的方向引到阿光身上。他说到那次群殴，东北人和侨港渔民的对决，说到底谁赢了。阿光说是他们赢了，东北人落荒而逃，溃不成军。建平船长却说听一些朋友说是渔民落荒而逃溃不成军。建平船长像是故意激怒这孩子。阿光猩红着眼说他们放屁。建平船长并没生气，说了一句："我也是个东北人，看我像吗？"他在挑衅他。他说得没错，他来自东北，不过早就没了乡音，多年的海上生涯已经模糊了他的出身。李四妹趁机看了建平船长一眼，意思让他别这样。阿光还死盯着小个头亮脑门的老家伙。建平船长又趁机皱起眉来，那块额头上的青记像一片枫叶，又像是一只猫的脚印。他们沉默下来。阿光的神色突然变得柔和，说："我并不恨东北人，我只恨我们自己不争气。"建平船长叹一口气，说道："我们东北人也不争气。"说完拍了拍阿光的背。他虎背熊腰，建平船长因此又拍了一下，像是不相信他的背竟这样厚实。他们站在一起，阿光倒更像个来自东北的壮汉。李四妹还在回味建平船长的那句话，我们东北人也不争气，这句话让她突然醒悟，明白了老是想不起来十年前的建平船长的原因了。十年后他竟然口音大变，当年在海上时，他就是操着这样的东北乡音，她也因此想起一桩旧事。这桩旧事让她异常感激这个身边的东北人，李四妹还感觉到他也许真如他说的一直爱着她，或者说爱过她。

他们已经来到一片沙滩上。几只海鸟呱呱俯冲下来，落了一地。阿光喊了一声艾米，忙问李四妹这些天有没有看见过艾米。他想起什么来了，凝视着前方，像是有个叫艾米的人正向这边走来。李四妹见过那个叫艾米的女孩，鼻子上有个亮晶晶的鼻环。那个鼻环是她唯一能想到的艾米的特征。她说："没错，她来找过我。"阿光兴高采烈，又问："是不是艾米告诉你们到这里来找我们。"李四妹说："她没说过。"看样子艾米也来过这个荒岛。艾米怎么也来过这个荒岛呢，李四妹开始沉思。

艾米去疗养院找李四妹的时候，建平船长还没出现。她更不会知道那个黄毛丫头和这一切竟然有关系。阿光说："艾米是我的好朋友，她是个美国人。"阿光还沉浸在对美好友谊的追忆中，他满脸放光，颧骨红红的，像是刚从高原上下来。李四妹为李威克感到庆幸，他交到一个好朋友。不过这样的想法一闪而过，她开始想黄水秋为什么会让艾米也跟着她上船。黄水秋是个百密无一疏的人，不可能随随便便带个人上船，况且很有可能走漏消息。她既然这么做，就不怕艾米乱说，当然还有另外一种可能就是艾米这个人嘴严，不可能乱说。李四妹不相信是因为后者，黄水秋这个人没那么轻易相信别人，就连李四妹这样的老朋友，她都是小心翼翼。李四妹依稀还记得艾米来找她时，询问过的那些问题，这些问题都是和那艘深海加工船有关。她想了解的只是她们那一段海上生活。不过李四妹仍然感到费解，这个黄毛丫头缘何对她们那段无聊的日子有兴趣呢？她说过她是个写小说的，当时李四妹并没有多想，她见过不少这样的人，看起来更像是一个个骗子，这让她因此想起那个法国记者，她曾一度恨不得置对方于死地的男人，不过在置对方于死地之前，更想置自己于死地，爱情这种东西怪不得别人，只能怪她自己看走了眼。这个男人就是阿光嘴上说的“大洋马”。据鱼嘴镇上的人说，此人高大威猛，鹰钩鼻，一把大胡子，走起路来一拐一拐的，其实他的腿没有毛病，就是有点内八字。阿光和李威克谈论过这个男人，在谈起时李威克说了一句“这辈子还能见到他吗”。虽说李威克很少提起，他对这个被人称为大洋马的爸爸还是充满好奇的。这孩子心机很深，喜怒不形于色，不像阿光，所有情绪都会写在脸上。

李四妹并没想起大洋马的大胡子和鹰钩鼻，反而想起了那一双温柔多情的眼睛，地中海一样的碧眼。她看着那双眼睛，就像面对一片海。她被这海一样的柔情给打动了，她没想过大海除了温柔，还有暴虐和冷酷。那时她只是一个样貌姣好的服务员，而那个男人却是个行走世界的记者，他来这里不是为了爱她，而是为了鱼嘴镇上的侨民。他更关心那些从海上漂来的更多的人，而不是李四妹自己。他写过不少文章，都是关于海上移民的，他关心着全人类。李四妹只是她歇脚时，无聊之余顺手摸到的一只猫。这只猫不应该为只是一只猫而感到悲哀。

李四妹因艾米的来访更多地想起了那个法国记者，这也是她不可能会对艾米有好感的原因。阿光继续询问那次来访的细节。沙滩上的风势渐大，李四妹似乎感觉到有人正在抚摸她。建平船长走过来了，摸了摸她的腰，似乎是为了安慰。她已经不需要安慰了。海上吹来的风让她更像船帆了，她鼓胀起来，充满了力量。

她想起了那个问题，艾米曾反复纠缠过。艾米始终对所提供的答案抱有怀疑。她也是个好记者，用尽了不少办法，想要让她说出更多来。李四妹说了实话，这个问题根本没必要撒谎。可越是说实话，艾米越是不相信。有时就是这样，为了迷惑对方，不如直接实话实说。实话实说反倒更像是在撒谎。人倾向于听到谎言，谎言比真实更合情合理。

艾米的问题是：她们第一次登上非洲西海岸的那个安哥拉的港口时，李四妹竟然消失了，就在黄水秋的眼皮子底下消失了，在消失的那段时间，李四妹究竟去了哪里，和谁在一起。艾米问这个问题时，是站在黄水秋的立场上的。这当然也是黄水秋告诉她的，甚至是黄水秋要她来问的。艾米想听到什么样的答案，黄水秋又想听到什么样的答案呢。李四妹百思不得其解。

他们说得没错，李四妹是消失了三天。她只是找了间旅舍住了下来。一个人住下来。那些天她感到焦虑。丁公鱼新死不久，她还没来得及好好想想丁公鱼的跳海。她还不能接受，更不能接受自己的退避三舍。她更想惩罚自己。午夜在非洲西海岸的旅舍醒来，她想到过死，死在这万里之外的非洲土地上。她是因为想到李威克，才没那样做。也许没有李威克，她也不会寻死。李威克只是她没死成的一个借口。她知道他们的船会停留多久，三天后她就回到了码头上。黄水秋激动不已，说还以为她被黑人生番给活活煮了呢。想到黄水秋见到她时眉飞色舞的样子，她突然心痛起来，黄水秋再也不可能那样眉飞色舞了。她蹲下来，蹲在勺子岛的海滩之上，哭得稀里哗啦。她这么突然一哭，让阿光警惕起来，也许别人说得没错，她的确是个女疯子。不过他可能又觉得女疯子没什么不好，甚至比那些人善良多了。他背过身去，不想看到李四妹的号啕大哭。

8

他们沿着勺子岛转了一圈，见了几个渔民。渔民对他们视若无物。他们正在捕鲎。鲎正处在繁殖期，冒死去海岸上交配。建平船长眼睛发亮。他之所以能在海上漂泊这么久，他是真正的热爱大海，只有大海里才会有这么奇怪又让人着迷的生物。建平船长说到鲎，就像在说他的朋友们。鲎有蓝色的血液，有蓝色血液的生物是高贵的，他说道。他们看着海岸之上偶尔会出现一只又一只，心情也大好起来。

他们后来又回到了阿光的住处。这是黄水秋为他买下的一处渔民的房子。阿光说这个岛上只有二十几个人。没有电，一到晚上黑漆漆的，阿光起初感到害怕，一个月过去了，他渐渐适应了这个岛的风土人情。他每天是这样度过的，早晨围着这个小岛跑上一圈，接着去帮渔民们做工，他熟悉海上的渔民生活，知道自己该做些什么，傍晚他还会围着勺子岛跑一圈。这样的奔跑让他的身体更为敏捷，这样的敏捷也让他安静下来。

吃过饭后，李四妹离开他们独自上了山。她想一个人去看看黄水秋，或者说她更想知道这个女人是怎样一步步走向悬崖又义无反顾地向下跳的。她坐在石头坟上，向大海遥望。大海之上星星点点的白，不知道是白海豚跃出海面的闪亮，还是太阳的反光。她只是看着，什么也没想。这一点也出乎她的意料，她以为这么一坐必定会触景生情，想起更多的事来，或者更理解黄水秋。她却僵在那里，像个更大的石头。天渐渐黑了，像是一下子黑下来。她起身，起身后拍拍自己的屁股，感觉自己还鲜活着。她说不出话来了，不过她丝毫不着急，从前说不出话，胸口还憋着一口闷气。这次不说话是不想说话。

下了山，她走回那所房子，发现一老一少坐在门口。她有一种回家的感觉。他们说到一匹老马，阿光的爸爸曾经养过一匹马。那匹马终日在海城的沙滩上游荡，为的是能和游客照张相，这是阿光爸爸的生计。他靠游客和那匹马照相过活。阿光后来嚎啕大哭，在哭之前说到了那匹马的死。那匹马已经很老了，阿光的爸爸就把它卖了，买主杀了它做火锅。他们杀它的方式异常残忍，开着一辆车，让那匹马跟着那辆车不停地跑，绕着鱼嘴镇转了五圈。缰绳扯着马脖子，它是跑死的。建平船长的大手抚摸着阿光的后脑勺。他的大手像一只铁锚。他们在黑夜里沉默下来。

第二天，阿光就跟他们上了船。他想当一名真正的水手。他是为水手而生的，就像建平船长生来就是船长一样。

第四部

1

瑞秋远远躺在房间中央的不锈钢桌子上，丽萨正一步步走向她。她们社区负责丧葬的李先生在一旁站着。这根本不是活人能待下去的地方，可李先生仍死死站在那里，他在等着为丽萨系上工作服的带子。丽萨看了一眼李先生，没说什么，也没什么好说的。李先生给她系上工作服后就离开了，整个“入殓室”只剩下她一个人。当然还有一动不动的瑞秋。丽萨还记得她生前的嘱托，一定要为她化次妆，让她漂漂亮亮地去天堂。

瑞秋是个大惊小怪的人，一点小事就喜欢嚷嚷，不过丽萨喜欢她这样，要不是瑞秋，她会觉得自己的生活就是一潭死水。瑞秋也没想到，小腹的突然疼痛竟要了她的命。谢天谢地，等她意识到疼痛的时候，折磨也快到头了。她没活多少天，卵巢里的肿瘤就要了她的命。丽萨上次去看她，她已经憔悴得不成样子了，没想到一个人竟可以老得这么快。瑞秋紧紧抓着丽萨的手，因用力而变得极其苍白。瑞秋似乎用尽了全身的力气，把丽萨握得生疼。她们曾经商量过，再干上几年就去北方养老，她们都喜欢雪，喜欢得要命。到了她们这个年龄，脱衣舞娘的这份工作也快干到头了。想到这里，丽萨就难过得胃疼，又不知道说什么，只是不停地念着上帝保佑。瑞秋咬牙切齿地说："这是报应，我们这些酒吧舞女就该死在这种病上。"丽萨和瑞秋都是天主教徒。丽萨让她别胡说八道，说一切都会好起来的。她们脖子上都挂着圣母玛利亚的小吊坠。两个人对着圣母玛利亚唱了几首圣歌。瑞秋说："她真美。"她说的是圣母玛利亚。

丽萨缓缓坐在瑞秋身旁。她的身体躺在不锈钢桌子上，脑袋被铬架撑着，黑头发四处散开，脸上一点光泽也没有。她从没见过瑞秋这样，她总是容光焕发，声音洪亮，让人很难忽视她的存在。这么一想，丽萨就为瑞秋感到难过，感觉还有更多的失望在等着她。不会再有失望了，天堂里没有失望。

"入殓室"里有一股怪味，这股怪味让她想到多年前住过的船舱。她也不清楚自己为什么会想到船舱，那段生活对她来说已经极其陌生，不过仍让她感到心惊肉跳。她来美国快三十年了，这块地方仍然陌生得可怕。瑞秋一直不解，丽萨为何不嫁人。丽萨结过一次婚，有过一次短暂的婚姻，不过她从未提起过，也不想提起，那段生活早就模糊一片，就像从来没发生过。这正是她想要的，她想和那个世界永远说再见。她小时候生活在船上，现在想来仍然是一场噩梦。这个入殓室又给了她那种幽闭恐惧症的感觉。

她又向下扯了扯那张被单，直到她看到瑞秋的整个乳房。丽萨嫉妒瑞秋有这样一对乳房，这也许是瑞秋总能在她面前昂首挺胸的原因。如今它们早已失去了往日的威风，瘫软下来，像两块灰白色的抹布。她长出了一口气，又帮她盖上了。

她从化妆包里拿出一把梳子。这是她们的梳子，她们靠这把梳子互相给彼此梳头。自从她们住在一起，就一直用这把梳子。她们住在新奥尔良，一起租了一处小房子，房子里有个假阳台，这个假阳台是房间里唯一可以看天的地方。丽萨喜欢站在假阳台旁看夕阳西下。她对瑞秋说："美国的夕阳和中国的夕阳有什么不一样吗？"瑞秋也会凑上来，看了许久说："没什么两样。"她们在一起就可以说中文，对于丽萨来说，能有个瑞秋这样的中国人为伴，太不可思议了。想起身边有瑞秋，她就感谢上帝，感谢圣母玛利亚。丽萨有时也想，如果她们在中国，也许不会成为好朋友，她其实受不了瑞秋跳来跳去的行事作风。这里是美国，一切就不一样了。瑞秋像是个挡箭牌，有她在，一切没什么大不了。瑞秋让她过的日子像生活。瑞秋躺在那里不说话，她从来没这么沉默过，丽萨有一种大难临头的感觉。她想，一切就要结束了。

丽萨伸出手，想碰碰瑞秋，摸摸她的额头。她准备给她梳头了。瑞秋的黑发真是漂亮，还像活着的时候。多少美国男人被她如瀑的黑发迷住过，当然还有引以为傲的高耸胸脯。她的胸像欧美女人那样傲人，甚至有些不合比例。她那么娇小，却有个大得不像话的胸。她有时会在丽萨面前摇晃，那一对呼之欲出的乳房让丽萨嫉妒。丽萨站在她旁边，就像是只不显眼的小麻雀。瑞秋褐色的皮肤，娇小玲珑，腰很细，能满足美国男人对东南亚小女人的全部想象。像瑞秋这样的漂亮妞，会和她腻在一起，是她意想不到的。不过漂亮妞都喜欢和她这样的人在一起。丽萨沉默安静，不喜欢抢风头，对别人也很温和，乐于助人。她乐于助人，也是信了天主才这样的。从前她不这样，她老想着小时候的事，有许多事让她难以释怀。想起那些仇恨来，丽萨还是感到不安。瑞秋的额头冰凉，她猛地缩回手去。

她为她梳头，和从前一样。她的头发缠着梳子，也像从前一样，这让丽萨感觉她还在生她的气。她是小气鬼，丽萨这次下手有点狠，努力向下扯，终于梳顺了，要是往日瑞秋早就叫开了。她仍然安静地躺着。丽萨用毛刷给她的眼睛上眼影，她的手有点抖。这几年她们是怎么过来的。她感受到了某种东西，可她又不知道那是什么。人变了，人生才会变。丽萨又给她抹口红，瑞秋像是突然活了过来，随时会睁开眼看看她。

丽萨说："黄水秋，你好美。"

她没有喊她瑞秋，瑞秋是个粗俗的酒吧舞女的名字。她根本不是，她是她永远的好朋友黄水秋。他们说好了要去北方看雪，堆一个大鼻子雪人。瑞秋问她："看见他们的大鼻子，会不会害怕。"她说过，那些白人要吻她的时候，她总是害怕那些大鼻子。后来丽萨就老注意到那些大鼻子，要不是瑞秋提起来，她没想过这些问题。她是个总需要人提醒的人。从那艘船下来，她就感觉上当了，接下来的日子就像一直在上当。她除了接受别无选择。

瑞秋到死也没告诉她自己去亚特兰大经历了什么。丽萨想起瑞秋说过的大鼻子，她才想起大鼻子莱恩，想起瑞秋跟着她去亚特兰大的风流韵事。有一天瑞秋告诉她，说她要走了，再也不回来了，丽萨掉了泪。一说到再也不回来，丽萨就想到自己多年前的不告而别。丽萨哭得稀里哗啦，想她再也见不到瑞秋了。她知道那个莱恩，从他一出现她就注意到她了。丽萨表演脱衣舞的时候，莱恩作为观众之一，他的大鼻子就在她身体下面。他看她的样子让她害怕，他似乎可以生吞活剥了她。万万没想到，他会和瑞秋好上。丽萨知道瑞秋想嫁个美国男人，她想疯了。丽萨也想，不过她没太当回事。她已经对男人失去了耐心。丽萨想找个更老的人，一起说说话看看夕阳就了此残生。她不想找个不会说中文的外国老头，因此她能找到的概率也就大大降低了。她已经做好了孤苦一生的准备，这也是报应，她没什么好抱怨的。瑞秋不一样，那些男人像苍蝇似地围着她转，她总是感觉自己随时会嫁出去，可丽萨知道，他们只是想和她春宵一度。不过听到她要嫁给那个莱恩了，她还是替她高兴。那是个像大狼狗一样的男人，像是随时会对人挥拳头，丽萨有点怕他。他那只手似乎正在裤兜里酝酿。他让她想起她的继父，他们都有鹰隼一样的眼睛，想起那样一双怒视她的眼睛，她还会全身颤抖。后来不出所料，瑞秋又跑来了。她遍体鳞伤，一条腿差点被他打断了。丽萨还记得她失魂落魄的样子，她也有过。她们抱在一起，说再也不分开了，在这异国他乡，瑞秋是她永远的朋友。瑞秋也是那样想的，她们别无选择。没想到的是，没过多久就有个华裔老头爱上了丽萨。他说丽萨很像他的初恋女友。丽萨还问过他是哪里人，没想到和她一样，也是从中国广西来的，天下竟有这么凑巧的事。令人难以置信的事却是千真万确的。丽萨差点扑到这个秃头顶的广西男人的怀里，他叫李庆华，到现在丽萨还能想到他对她笑的样子。他们只见过两次面，后来李庆华就不辞而别了。那时丽萨在夜总会里刚开始做巫女。巫女就是对她日渐衰老的嘲讽，她长得越来越像个女巫了，有人说她不用化妆上台就是个活脱脱的巫女。李庆华却开玩笑地说要把这个巫女娶回家，他看上去不像是开玩笑，丽萨当了真。不过她仍假装对一切都不在乎。丽萨在台上演巫女，走来走去，最后会把衣服一件接一件地脱完。一个脱光了的巫女会让那些人捧腹大笑的，脱到最后的时候，李庆华竟不见了。有人告诉他，那人在夜总会门口等她。他是个多么体贴的男人，不忍心看她把衣服一一脱完。他把她当成那个多年前的初恋了。丽萨由衷地想笑，她想李庆华可能就是她多年来一直要等的那个人。他个子小小的，他们广西男人的个头都小小的。这让她涌上一股乡愁，从台上下来就急匆匆去门口找他。她想一头钻进他的怀里去，又害怕让他失望。她没发现他。那人连十分钟的耐心也没有。丽萨一个人站在街头，一直等到天光大亮，她看着天一点点亮起来，李庆华再也没有出现。初升的太阳光芒万丈，她却感觉自己是个见不得光的鬼。她正在光里一点点变得无形，后来是瑞秋带她回家的。丽萨不知道她是怎么回去的。她知道她再也没机会了，李庆华只是世界里的一道光，一闪即逝。他的出现又消失就是来告诉她，她不配，他是来捉弄她的。瑞秋安慰她，幸亏有瑞秋，她才没从假阳台一跃而下。她们说到了北方的雪，大鼻子雪人以及一排排高耸入云的松柏。丽萨突然觉得生活还可以继续，她要继续做她的巫女，没人能认出她来。这也没什么不好，她就是个巫女。等她把一件件衣服脱光的时候，她知道大鼻子雪人离她不远了。她因为瑞秋的存在又活了过来。

想到李庆华，丽萨就气不打一处来，狠狠地在瑞秋的脸上画了一道。口红印在她日渐活泛起来的脸上留下一道伤口。瑞秋在笑她，也这么小气。她的嘴角正在悄悄上扬。丽萨上次去看瑞秋的时候，瑞秋承认了，她告诉李庆华说丽萨有艾滋病，李庆华才因此跑掉的。丽萨听到瑞秋这么说，几乎不能自持，要不是看着瑞秋不久于人世，她早就翻脸不认人了。瑞秋拽着她，让她别生气。她只是害怕丽萨被人抢走，李庆华是那个最可能抢走丽萨的男人。瑞秋说得没错，她要不这么说，李庆华也许真的会娶她，丽萨会有个不一样的后半生，想到这里丽萨就会揪心得难受。事情已经过去了，丽萨笑着说她早就忘了。事实上她永远也忘不了，那一刻她恨不得瑞秋早死，这也是她再也没去看瑞秋的真实原因，不过丽萨看着那道滑稽的伤口暗自笑了。她后悔没再去看瑞秋，看这个叫瑞秋的黄水秋。别管是黄水秋和瑞秋，她已经和这个世界再无瓜葛了。人们很快就会忘掉她，不知道曾经有这么一个女人从广西到香港，接着再到印度尼西亚，又来到美国。谁知道她这一生究竟经历过什么呢，就连天天和她在一起的丽萨也不清楚。

丽萨又将那道口红印轻轻抹去，被抹掉的口红在瑞秋脸上晕开了，酷似腮红。她的脸僵硬得不可捉摸，这就是死人的脸。她会去天堂还是地狱呢？丽萨俯身吻了下她的额头。她站起来，一动不动，看着瑞秋那张脸，感觉事情远未结束，她想为瑞秋做点什么。她这一生不能就这么草草了事，这不仅关乎瑞秋，更关乎丽萨。丽萨想知道为什么。

2

丽萨想去亚特兰大找莱恩，为什么找莱恩，她也不知道。她就是想找一找所有和瑞秋有关系的男人，还有女人。和她有关的，丽萨都想知道。

她在整理瑞秋的遗物时，突然发现她并不了解瑞秋。她有可能不是丽萨认识的那个瑞秋。就连她自己，她也是一知半解，何况是那个多变的瑞秋呢。她因此又联想到自己，她还是那个丽萨吗，她还是那个李秀丽吗？她为什么给自己起了个丽萨这样的傻名字，并且还让它伴随她这么久。她的余生不想这么度过，丽萨不再是丽萨了。她是李秀丽，也是黄水秋。她要为她们讨个公道。

她是作为瑞秋去找莱恩的。她独自开车去亚特兰大，没打算再回来。她们的东西并不多，丽萨向身后看了看，有两个大背包和一个小背包，这似乎就是她和瑞秋的全部。她对着副驾驶上的虚空说："阿秋，我们出发了。"她说给瑞秋听。更重要的是，她不再喊她瑞秋了，她喊她阿秋。"阿秋"是她人生答案的一部分，也是丽萨千方百计要去寻找的。她也不再叫丽萨，这个带着耻辱和嘲讽的名字，她想永远甩掉。她叫李秀丽。想起李秀丽这个名字，她才意识到时间过去那么久，她已经行将就木。她才五十岁，可感觉已经老得面目全非了。她从后视镜里看自己，这个正在脱胎换骨的丽萨，不，是李秀丽，竟然有了不告而别的决绝。这都是因为阿秋，从今天开始，她作为新的阿秋上路了。

她从没去过亚特兰大。她似乎哪里也没去过，这让她感觉她也不曾离开过中国。这个叫新奥尔良的地方和中国最南端的广西并无二致。她生活的全部就是从夜总会到她们的两居室，再从两居室到那家夜总会。像丽萨这样的人怎么会离开中国，这是瑞秋百思不得其解的。不过瑞秋也说过，像丽萨这样的人有可能才是定时炸弹，看似让人放心，实际上一旦有了主意，八匹马都拉不住的。八匹马拉不住她，她已经上路了，她为自己想到瑞秋说这句话时的神情而感到兴奋。她超越了一辆车，她把油门踩到底了，耳膜已被发动机的轰鸣填满。她这么做，才知道自己就是那个可以把油门一踩到底的女人。

莱恩对她的突然造访吃惊得哑口无言。莱恩并不好找，好在她有他的电话。她的英文说得很蹩脚，就像是在念咒语。莱恩在电话里问她是谁，她说是瑞秋。莱恩不知道瑞秋死了。听到是瑞秋，他不知如何是好。他根本听不出瑞秋的声音，对于他们这一类男人而言，这些华裔的小女人们似乎只是释放性欲的工具。阿秋早就被他抛到九霄云外了，后来他才想起来瑞秋是谁，就在那一刻，阿丽更加坚信她来找莱恩是对的。

莱恩是个五十多岁的白人，出生于20世纪60年代，这是阿秋告诉她的，除了年龄她对他一无所知，也许连年龄都是假的。他是个老鳏夫，阿丽对他的生活毫无兴趣。她只是想知道，阿秋和他在一起的那段日子究竟发生过什么。这对阿丽来说，那是一段彻头彻尾的空白。那一年，阿丽常常站在假阳台旁看夕阳西下，想阿秋究竟在干什么。莱恩不想出来见她，他似乎有些担心。阿丽学着阿秋的声音，撒起娇来。莱恩以为还可以旧情复燃，和一个送上门来的女人再来上几回合何乐而不为呢。等他见到阿丽的时候，发现他上当了，她不是瑞秋。他一直不停地问瑞秋在哪里。阿丽说："我就是瑞秋。"莱恩说："你撒谎，你这个骗子。"她站起来要走。阿丽说："你就不能把我当瑞秋吗？"她说得很吃力，咬牙切齿。莱恩的鼻子又红又大，阿丽一直死死盯着那只大鼻子。她很想对那个大鼻子下手。莱恩似乎又看到另外一种可能。他就是个不折不扣的大狼狗，阿丽想。

她说了实话，说瑞秋已经死了。莱恩吃了一惊。他说：

“是瑞秋让你来找我的吗？”阿丽说：“她已经死了。”说到这里，她还是难掩激动，眼泪一颗颗向下滚。莱恩被她打动了，不停地安慰她。一只大手伸过来，落在她的背上。阿丽像是被什么奇怪的大鸟拎了起来。她想到阿秋也曾被这样的大手抚摸过，就没打算推开他，任由他在她的背上肆意摩挲。莱恩并没问瑞秋是怎么死的，他现在关心的是眼前的阿丽。阿丽说想要跟他回家，也许这是他求之不得的。莱恩是个老嬉皮，一身破破烂烂的，走起路来摇摇摆摆，说不定哪一天就咣当一声倒下去，再也起不来了。暴尸街头就是这类人的最好的归宿。阿丽在他身后走着，路过一个天主教堂。莱恩说：“我们就是在这里结婚的。”他们还结过婚，阿丽却不知道。她为什么不告诉她。阿丽想去看看，瑞秋曾经站在那里和眼前这个大块头发过誓。

他们进了教堂。教堂空空荡荡。大块头的莱恩就在前面比画，说那天瑞秋喊来了很多人，她别提多高兴了。他们就那么站着，牧师在教堂的正中央。阿丽又问了一句，莱恩说：“是的，来了很多人，都是她的朋友，不过我再也没见过他们。”阿丽感到困惑，阿秋竟然有那么多她不认识的朋友，这让她开始回忆她跟阿秋的相识过程。她们才认识了不到三年，阿丽却感觉像是有一辈子那么长了。也许是朝夕相处的原因，不仅如此，她们已经被生活这根绳子死死捆在了一起。事实上她们认识得更早一些，不过彼此都不愿提及。那是在十年前的一次华侨聚会上，她们说过话，阿丽也忘了她们究竟说过什么了，现在想来真像一场梦。阿秋刚来美国没多久，仍处在兴奋和好奇中。阿丽对她没什么好感，像这样的女人她见得多了，粗鄙肤浅又盲目乐观，为了达到目的什么都干得出来。事实也正如她所料，她是和一个美国糟老头假结婚拿到的绿卡，不过她并不承认，她说她爱那个老头，她们的婚姻是爱情的结晶，后来说起那个老头时，阿秋仍感到遗憾，说还不如和他一直过下去。那次相聚，她们都没给彼此留下什么好印象，直到三年前，阿丽从一家夜总会辞职，去了另一家才遇上阿秋的。她们初见时，都不敢相信，竟然是在这种鬼地方重逢的，而且是以脱衣舞女的身份。她们光溜溜的在台上相见，这简直太奇妙了。她们都近五十岁了，竟然在脱衣舞女的舞台上狭路相逢了。那一晚，她们喝多了，相见恨晚。不过令阿丽感到美中不足的是，阿秋并没那么显老，反而风韵犹存。阿丽是有些嫉妒她的，这样的妒嫉很古怪，滋生了一种对生活的热切。

莱恩在比画着，说那天的趣事。他试图说得好玩一点，好摆脱掉他对瑞秋的歉疚之情。阿丽想象着那一天。娇小的阿秋站在大块头莱恩旁边，想起来就让人忍俊不禁。当然，她还披着白色的婚纱。阿丽连一次婚纱也不曾穿过，阿秋似乎正在教堂之上炫耀，像是在舞台上似的左右摇摆，好让阿丽知道她的婚纱有多么合身。阿丽盯着莱恩旁边的虚空，那里曾站着娇小的瑞秋，正在对她骄傲地笑。阿丽想大声问她，为什么不让她参加婚礼，是怕她这个舞女朋友像个巫女，让她没面子吗，还是不想让人知道她阿秋竟是个舞女。

莱恩说瑞秋紧张地说错话，当着那么多人的面说错了话，好多人都笑得肚子疼。他说瑞秋因为这句话懊悔了很久。其实那些人不一定是在笑瑞秋，很可能是笑莱恩，他后来这么说。阿丽不想让自己在教堂待太久。她不敢抬头看圣母像。

他们离开教堂，又去了莱恩的家。这个家和他的穿着一样，破烂、拥挤，散发着一股怪味儿。莱恩啜着酒，看他脸上爬满清晰的毛细血管就知道他是个老酒鬼，那些血管像蜘蛛网似的，让阿丽感到恶心。

瑞秋没从他身上得到她想要的，她注定成不了美国家庭主妇，阿丽也一样。她在她房间里走来走去，感受着阿秋的存在。莱恩说："你走起路来的样子，很像她。"他似乎有些伤感，摇晃着酒杯，低头沉思。她去了卧室，对着一张床凝视了很久。她在想象小小的瑞秋被大狼狗莱恩压在身下的情景。等她回过神时，发现莱恩就在她身后，心头一惊。她落在了他的阴影里了。难道莱恩真的有想把她弄到手的冲动吗？阿丽一闪身出去了，她的身手仍然灵活。上帝是公平的，她不像阿秋那样笨手笨脚。

莱恩摇摇摆摆地走过来了。他说："我不知道瑞秋在想什么，她总是闷闷不乐。"阿秋一怒之下跑回去，是因为她还是想和她生活在一起。莱恩接着说："我就是想让她开心一点。"阿丽说："那你就动手打她？"莱恩说："我无论多么努力，她都不开心。"他这么说，阿丽有些释然，并没像初见他时那么仇恨他了。莱恩说："她和我说起过你，你叫丽萨是吗？”她说：“我不是丽萨，丽萨和瑞秋一起死了。”莱恩说：“你就是丽萨，一见你我就知道你是丽萨，瑞秋说你们是一起来美国的。”她说：“那她有没有告诉你，她为什么不让我参加你们的婚礼。”莱恩喝了一口酒，说：“她怕你伤心，我想。”她说：“我为什么会伤心，我最好的朋友要结婚了，为什么我会伤心。”阿丽会伤心的，她知道自己在撒谎。莱恩说：“我不知道，那是你们的事。”她说：“你知道我为什么来找你吗？”莱恩说：“不知道，不过你来告诉我瑞秋的事，我还是很感谢你。”他目光闪烁，正在阿丽身上找机会。

他们似乎达成某种默契。她想让他陪她走走，去他和瑞秋经常散步的地方走一走。而莱恩感觉这似乎是个机会，他欣然前往。他喝得醉醺醺了，走起路来像个钟摆。阿丽怕他跌在地上，再也起不来。她远远走在前面，不想让其他人知道他们是一起的。她重新整理了下她的背包，背包似乎变轻了。莱恩让她慢点，似乎喊了句慢点小妞。他在后面调戏她。

阿丽已经等不及了，她想找个合适的地方对这个老混蛋下手。

阿丽停住脚步，回头看他。她和瑞秋一起正面对着气喘吁吁的莱恩。莱恩不想走了，身体靠在路边的栏杆上。阿丽从包里掏出一把手枪来。她早就准备好了，不过掏出枪的一瞬间还是激动地浑身发抖。莱恩没想到迎接他的是一把枪，起初以为她在开玩笑呢。阿丽浑身在抖，他才明白那的确是一把真枪。枪口正指向他，眼前的小妞因激动而面部扭曲。他知道，她不是瑞秋。这个女人是那种下得了手的人，看她那副样子，就像正在诅咒这个世界。莱恩叫喊着说，不要。他害怕了，他真的害怕了。这个熊一样的男人一屁股摔在了地上。他匍匐着，继续叫喊："请不要，请不要。"阿丽千里迢迢就是为了这一刻。她很想开枪，可她忍住了。她上去给了这个大狼狗一巴掌，她的小手落在他的大脸上。她又给他来了一下。莱恩没想到她会这样，她是来为瑞秋报仇的吗？阿丽让莱恩冲着她和她的背包磕头。

她不知道自己做得对不对，她就是想这么做。只有这样做，她才感觉瑞秋没有白活，她也没有白活。她把枪口顶在他的脑门上，让他道歉，让他说他是个混蛋。她在走的时候，还对着他竖中指。她一路疯跑，风在耳朵边呼啸而过。她哈哈笑起来，连背上的阿秋也和她哈哈笑。她们的笑声交融在一起，就像她们喝多了酒，不顾一切地大笑。等她钻进汽车里，她才停下来。她一路开下去，不知道能去哪里。她把油门踩到底。她想起小时候，从山路上向下俯冲。阿秋仿佛就在旁边坐着，对着她说，好样的。

3

在阿丽去找那个美国老头的路上，他接到了李庆华的电话。那人在电话里说他是李庆华，说一口熟悉的广西口音的中文。她还以为是她老家的哥哥给她打电话呢？他说他是李庆华，问阿丽有没有忘了他。她怎么可能忘了他呢。她不知道说什么好了。她故作镇定地说："你好，李庆华先生。"

李庆华说要来找她，让她乖乖等着。听他说话的口气，像是一刻也等不下去了。他在新奥尔良，他知道瑞秋过世了。他问夜总会的人才拿到了阿丽的电话号码。

李庆华对他为什么会来美国讳莫如深。他从没说过。阿丽知道，他有不少难言之隐。她也并不想知道。和他在一起，让阿丽感到平静。阿丽把汽车停在路边，开始想和李庆华交往的细节。她要不要等他？她已经下定决心不再做那个阿丽了。

李庆华能给的那种生活已经不是她想要的了。她哼着小曲，猛踩油门。老雪佛兰汽车呜呜地鸣叫着，向荒漠驶去。到了渺无人烟的地方，阿丽把枪拿了出来。她停车，准备向无人的地方放一枪。枪拿在手上沉甸甸的，这是阿秋留给她的。阿秋的抽屉里竟然有一把这样的手枪，这是阿丽万万没想到的。她不知道阿秋拿这把枪干什么？她是想崩了自己，还是用来崩别人。

阿丽扣动扳机，向天上放了一枪。她精神为之一振，因此她又放了一枪。这一枪突然显得颇为沉闷，就像是哑火了。她把枪摔在地上，点起一支烟来抽。她不抽烟的，自从阿秋过世后，她就一支接一支地抽起来。她学着阿秋的样子，手夹着细长的香烟，喷云吐雾。她只抽她抽的那种牌子。她身体靠在雪佛兰的轮胎上，想在和阿秋相逢之前，她究竟在干些什么。现在想来，那段经历模糊成一团。最早她为一个中国餐馆打工，除了打工就是拼命地学习英语，其间还和一个留学生好过。阿丽想不起来那个留学生的样子了，只记得他在餐馆后面的厕所里掀开了她的裙子。她像条狗似地趴着，那个留学生在后面冲撞她。她哭了，抽噎不止。留学生后来提上裤子就走了。那可能是她决定去做脱衣舞娘的真实动机，她没什么好顾忌的了。不可思议的是，她成了脱衣舞娘，反倒生活开始变得平静。她不轻易出卖身体，她很少往家里带男人。阿秋不一样，她的床上总是有人。对于阿丽而言，隔壁的叫床声是她需要忍受的。那就是阿秋，她把自己当成一只母狗了。那一阵阵吱吱哇哇的叫声犹在耳畔。有一次，阿丽问她："你真的想这样过下去吗？"她其实是想问她真的很享受吗。阿秋笑笑说："要不你试试。"阿丽试过，他们大得不像话，她感觉那是一种彻头彻尾的折磨，除此之外，还有一种耻辱。她像是被侵犯，会让她想起小时候，在那个狭窄的船舱里，那个可恶的男人对她做过的一切。这也是她来美国并一去不回的原因。

阿丽几经周折还是找到了那个美国老头。阿秋曾和他一起生活过两年。阿丽问过阿秋，阿秋不太喜欢说那段经历。天知道她经历过什么。阿秋语焉不详，从她只言片语的叙述中，阿丽了解到他们最初是假结婚的。阿秋在雅加达，一直想去美国。她向往美国的生活，说有个一起长大的儿时伙伴也在美国，有时他们会通电话。她花了不少美金才找到这个甘于自我牺牲的美国老头。她几乎倾囊相授，那是她在雅加达的夜总会挣到的全部积蓄。那个美国老头并没有骗她，帮她实现了成为一个美国人的梦想。不过那两年她过着生不如死的生活，被关在小黑屋里不见天日。那个人还会拿皮鞭抽她，她就是他的发泄工具。阿秋说他是性虐狂，她为了能来美国，没什么苦是不能吃的。她把这种折磨当成是一种历练，想想真够可笑的。阿丽见到了这个老头。他正坐在她面前。

他起初不愿谈这些事的，他说现在过得很幸福，不想提起这些不开心的事。后来说到瑞秋已经去世了，他才答应阿丽谈谈。他没弄明白阿丽为什么来找他，来找他只是为了告诉他瑞秋死了吗。阿丽说不是，她想知道瑞秋是怎么来的美国，那段生活是怎么度过的。她的死让他陷入了漫长的深思。他坐在轮椅上，已经站不起来了，不过口齿仍然清晰，眼睛也很明亮。沉思过后，他突然说："她是个骗子，是个小偷。"这么说令阿丽感到惊诧。他说阿秋拿了他的钱就不告而别了。阿丽问他："为什么不去告她，她会丢掉她的美国公民身份的。"他说："我一直想她还会回来的，她永远没回来。"他的手一直在颤抖。看样子他有七十多岁了，余日不多。听阿秋说过他是个性虐狂，可看他满脸慈祥，不像是阿秋说的那个人。他还想听他多说说，他像是累了，脑袋歪了下来。阿丽从背包里掏出个罐罐出来，对那个疲惫的老头说："这就是瑞秋。"这是她的骨灰。阿秋生前是个天主教徒，不应该火化的，可她坚持要这样。她抓着她的手，乞求她，让她把骨灰撒在太平洋，她不想被葬在教堂后面的公墓里。她害怕那样整整齐齐的排列。

他只是抬了抬眼，很快又闭上了。瑞秋又将那个罐罐小心翼翼地放进背包。她说：“瑞秋一直很后悔，她说还不如和你这么过下去。”他说：“我也后悔，我后悔带她来美国了，我觉得她应该在雅加达，那样的话，她可能死不了。”她说：“你们是在雅加达相识的。”他又抬了抬眼，说：“没错，我们一见如故，一见她，我就爱上了她，你不知道那时的她有多漂亮，我被她迷上了。”他又把眼睛闭上了，接着说：“我的眼睛不能睁得太久，只有闭上才让我感到安宁，这是死神在告诉我，我该闭上了。”阿丽对这个美国老人顿生好感，她也觉得奇怪，她并不想这么早就离开，她想陪陪他。他也似乎是这样想的。起初阿丽还以为他老是闭眼睛是想让她快点离开呢，其实并不是。他们看来有得聊。阿丽又坐了下来。这是一家美国养老福利院，窗外鸟语花香。桌子上还有一杯已经倒好的咖啡，怕是冷了。她端起来喝了一口。他说：“你是谁，你也和她一样吗，为了来美国，才找个美国人结婚的。”阿丽笑了，那人抬眼看她的笑，挑了下眉毛。他年轻时应该很帅气，从他挑眉毛的样子依稀看得出。阿丽说：“和她不一样，我是无家可归才来的。这地方欢迎无家可归的人。”他马上说：“你现在有家了吗？”他也许不是故意的，可听上去仍旧像是一句嘲讽。她说：“还没有，我喜欢一个人。”他回复道：“我也一样，喜欢一个人，人生来孤独。”阿丽问：“瑞秋要是没走，你们还会在一起吗？”他说：“也许吧，她不会不走的，她就是那种随时会离开的女人，我早就看出来了，她不爱我，她也许谁都不爱，她只是爱自己，她想成为一个真正的美国人，这也许能满足她的虚荣心，成为一个美国人很骄傲吗？我满足不了她那么多。”阿丽和他目光交汇，她从这个老男人身上看到了她想要的。她突然感到胃疼，嫉妒得胃疼。她又在嫉妒背包里的瑞秋了。

他沉思了许久，说：“我以为她还会来找我。”阿丽说：“她还是来了。”这句话把他逗笑了。他笑起来很吃力，整个人都在颤抖。他说：“人老了，连笑也是个苦差事。”阿丽说：“能活到老其实是一种完整，很多人活不到老就死了。”他说：“你说的是瑞秋。”阿丽说：“我想说，老并不可耻。”他说：“你英语不错。”她说：“我来美国三十年了。”他说：“你看上去像没来多久，你还是像个中国人。”她说：“难道瑞秋像个美国人。”他说：“我不知道瑞秋是怎么想的，她去做舞女都不来找我，让我很难过。”阿丽有点沮丧，说：“她也许不想让你看到她失败了的样子。”他说：“或许她早就忘了我，她天生就是个婊子。”阿丽说：“她不是，她不是。”他说：“她宁肯对着别人脱衣服，也不回头来找我，她知道我一直等着她。”她说：“她和你说的不一样，你们谁在撒谎，她说你拿鞭子抽她。”她没好意思说她性虐狂。他说：“可笑。”阿丽也感觉到可笑。

阿丽突然想问问他怕死吗。想到这里就想到阿秋的那只手，因抓她过于用力而苍白干枯。他突然说：“你能让我抱抱她吗？”阿丽双手捧着瑞秋，送到他怀里。他双手抖个不停。

他端着那个罐罐，就像端着个餐盘。他把她搂在了怀里。他像是真的把瑞秋搂在了怀里。过了许久，他说："你根本不知道她想要什么。"阿丽说："瑞秋死了，我想替瑞秋活下去。"他说："为什么？"阿丽说："我们是一种人，我不知道为什么会这样。我想知道为什么。"他说："你们不是一种人，你也是舞女吗，你一点也不像。"阿丽说："我是个巫女。"她不知道自己在说什么。他接着问："你为什么来找我，就是想让我抱着这个东西遗憾吗？"阿丽说："不，我想知道在她身上究竟发生过什么，我想找找她，找找那些被遗忘的过去。"他说："你会去中国吗？"阿丽说："我想去，我会去的。"他说："我没去过，她一直说带我去，她是个骗子。"阿丽说："她不是骗子，她只是手足无措的小女孩。"他说："谢谢你，让我再次见到她。"她说："我也谢谢你。"她没有来得及问他关于死的问题，也许这个问题已经无关紧要了。和他分别后，她在福利院的门口徘徊了很久。阿丽思前想后，发现事情并没那么简单，他们也许都撒了谎。他带她来美国，最初可能只是为了美金，没想到的是他爱上了她，而瑞秋最后拿走他的钱，也只是想把她曾经付给他的那部分拿回来，那是她的血汗钱，一分都不能少。其实瑞秋是个讲究实用的人，阿丽倒有些理想主义。

4

李庆华对阿丽穷追不舍。她想知道他到底想干什么。她等到了他。他迎面扑来，走到她面前却无话可说。阿丽扑哧一声笑了。有个紧追不舍的李庆华是她万万没想到的，不管怎样，她还是感觉到了温暖，即使这温暖没头没脑。不过奇怪的是，李庆华目不转睛地看了她一阵子后，竟哽咽起来。阿丽问："李先生，怎么了？"李庆华有难言之隐。阿丽突然感到失望，她发现李庆华并不是为她而来。他一定另有隐情。阿丽很想溜掉，她不知道他会说出来什么。她不安地等着，这种等待又一次让她想起了多年前的船舱。李庆华还在哭，她很少见一个男人哭得像个女人。她对李庆华有厌恶之感，她想早点结束。

阿丽说："李先生，您快说，究竟发生了什么事？"她仍旧喊他李先生。李先生终于住了声，给阿丽作揖，求她帮忙。他究竟想让她干什么呢？李庆华说不出口，并让阿丽先答应。阿丽不想先答应，说让他先说。李庆华非让她先答应，他要给她下跪了。她只好说尽力而为。李庆华道出了事情的原委。他为自己叫屈，说为什么会发生在他身上，他因为这个事就不再信上帝了。他说自己是那么好的人，定期去教堂，好人却没好报，他就是那个被魔鬼诅咒的约伯。听到这里，阿丽直想笑。他说他儿子危在旦夕，他过不了这个坎，一切都好好的，怎么就突然来了这种怪病。他说了很多命运对他不公的话，还是没说他想让阿丽做什么。阿丽忍不住打断了她的痛诉，说："我能为你做点什么呢？"他这才似乎想起来他是找阿丽帮忙的。他对阿丽说："孩子从没见过他的妈妈，他就想见他妈妈一眼，我到哪里给他找个妈妈出来，我就想到了你。"阿丽恍然大悟，满口答应了。她后来一想，这个事情并没她想象中那么简单。她要扮演一个妈妈，这对她来说是个不小的挑战。李庆华这么一说，倒是个提醒。她这辈子再也做不了妈妈了。

李庆华许诺她一笔钱。阿丽对李庆华的美好想象顷刻间消失了。她真的要随他上路吗，等她坐在副驾驶的那一刻，她有些后悔了。上了车她就是一个小孩子的妈妈了，她该怎么面对那个孩子呢？她该怎么说话，怎么心疼他，这些都让她感到棘手。李庆华注意到她的坐立不安，想让她放松下来，就打开了音频收音机。阿丽让他关上。她好好看了看这个正在开车的中年男人，他其实不是她一直等到天亮的那个李庆华。阿丽问："一年多前，你也是为了这件事来找我的吗？"李庆华摇了摇头。他们对视了一眼。阿丽发现了他的鼻子肥厚软塌，像是一只青蛙趴在了眼睛和嘴巴中间。

阿丽说："那你为什么找我呢？"

李庆华说："我不是说了，我想娶你吗！"他似乎像是开玩笑。他变得够快的，刚才还在哭鼻子，这会儿就开始和她调情了。

阿丽再也不是那个阿丽了。她已经是阿秋了。她打算像阿秋那样过完余生。这种想法一直让她兴奋，她想活得不一样。

虽然这种不一样毫无道理，可她就是想这样，这似乎是一种她对自己前半生的一种报复。让那种沉默顺从去见鬼吧。阿丽跷起了二郎腿，并学着阿秋的样子托着腮，做娇媚状。阿秋的所有动作都像是在引诱别人，像是在告诉他们，他们有的是机会。

阿丽说："那你为什么又跑了，我等你等了很久，一直等到天亮，你信吗？"说话的口气也是阿秋了。李庆华说："我信。是瑞秋不让我等你了。"阿丽回复道："瑞秋不是这么说的吧。"李庆华说："她说你得了艾滋病。"阿丽问："你怕了。"李庆华说："我不知道该怎么办？"他倒是很诚实。阿丽说："你现在还相信我得了艾滋病吗？"李庆华说："没想到瑞秋会那样对你。"阿丽说："她和你开玩笑呢。"李庆华说："你的意思是我没有经受住考验。"阿丽笑了笑，说："就你这样子，还想娶我。"李庆华说："我现在还想娶你。"阿丽说："为了你儿子，对吧，你要为他娶个妈。"李庆华说："你愿意吗？"阿丽说："我不愿意。"她的不愿意脱口而出连她自己也没想到。李庆华不说话了。车速飞快，他们正驶向那个西部小城。

阿丽睡了一觉，她梦到了阿秋。阿秋竟然骑着白海豚，后来大海消失了。她只能抱着那条白海豚，海豚翻着白眼奄奄一息。阿秋来找她了，求阿丽救救它，救救那条白海豚。那条白海豚像个婴儿，在她怀里挣扎着。它像是很痛苦，皮肤干得开裂了，脸也扭曲着，眼睛忽闪忽闪的。阿秋说救救它吧。阿丽接了一盆水，泼到白海豚身上。她就这么泼了一盆又一盆。后来她对阿秋说，这不是办法，还是放它回海里吧。阿秋拒绝了她，说白海豚是她的，谁也抢不走。阿丽说它属于大海。阿秋抱着白海豚跑了出去。阿丽在身后追。她们跑呀跑，接着就跑到了李庆华的家里。李庆华的家更像一座寺庙，卧室正中央有个巨大的钟，阿秋不停地敲那个钟，并告诉其他人说阿丽是个杀手。阿丽叫喊着，我不是我不是。她在余光里发现那条白海豚就是李庆华奄奄一息的儿子，她豁然惊醒。天黑了，李庆华仍旧开着车。李庆华问她："你做噩梦了。"她才想起那场梦。她一遍遍重温那个梦，这个梦让李庆华的儿子和黄水秋有了不可思议的关联。

李庆华将车子停下了。他们停在路边，找个地方休息。他们去了一家咖啡馆，彼此都没有说话。阿丽还在想那个梦。白海豚是稀有之物，她为什么会莫名其妙地梦到呢？她有几十年没见过白海豚了。小时候她在海上生活过，她是客家人，以打渔为生，现在想来像是上辈子的事。她会靠在船舷上看成群的白海豚，阳光下的白海豚跃出海面，又跳进去，在空中划个美丽的弧线。她能清楚地看到白海豚的鱼鳍闪着金光。她的妈妈会唱起咸水歌，那些海上的歌谣猛地击中了她。她想起了那些歌。

李庆华问她："我早就见过你？"阿丽一怔，不知道她在说什么。李庆华说："其实我早就认识你，你在餐馆打工的时候，我就认识你了。"阿丽吃了一惊，没想到还有个人默默关注着她。阿丽问："你早就想对我下手了？"李庆华啜着咖啡，似乎不相信阿丽会这么说，他还是回道："一直没找到机会，你很像我小时候的一个朋友。"阿丽说："你说过了，你不会怀疑我就是她吧。"李庆华说："你比她更漂亮。"阿丽说："你倒是很会说话。"李庆华说："越老越会想起小时候。"他说得没错，她就在想小时候，那些一句句贴心的咸水歌就在她耳朵边绕来绕去。阿丽问："你来多久了？"李庆华知道她说的是来美国。李庆华说："三十年了，我跟着我父亲来的，我们在难民营里住过一年，你们根本想象不到我们是怎么过来的。"阿丽也是，李庆华这么一说，让她想起三十年前的甲板，甲板之上人挤人睡在一起的场面，她突然有点感动。可她不想表现出来，只是淡淡地说："有些人把一切都弄错了，我就是那种人。"李庆华没听懂，并探过头过来，示意她再说一遍。他是个秃头顶，脑门闪着亮光，像白海豚的鱼鳍。阿丽也不清楚自己说了什么，她想说的是她面对这个世界无所适从，她所有的选择总是对她自己不利。李庆华说："刚来美国的时候，我以为美国是个大监狱。我们哪里也不能去，后来我们哪里也能去了，我却哪里也不想去，一直在那个小镇上待着。你说这是为什么？"阿丽说："你在那个小镇上干什么？"李庆华说："我帮人做衣服，我是个好裁缝。我想帮你做件衣服，你身材很棒。"她知道他在说假话，和阿秋相比，她过于单板和僵硬了。她的身体就像是一块浸了水的船板。阿丽说："你以为我会信你的鬼话吗？"李庆华说："你为什么不相信自己，我们中国人就应该是这样的，小胸小屁股，穿旗袍很好看的。”他像是正在嘲讽阿秋。阿丽又为他那一句我们中国人而心动。他们自始至终没谈一句李庆华的儿子。

他们继续上路了。阿丽比之前放松许多，她说起自己小时候的事来了。她说到她见过的白海豚，它们成群地路过，这时候她妈妈就会对着它们唱歌，海上渔民们唱的咸水歌，那种唱和让她毕生难忘，阿丽哼给李庆华听，李庆华说好听极了。阿丽还说：“白海豚会游过来，看着你。你不知道它有多漂亮。”李庆华伸手过来拍了下她的头。老有人摸她的头，她在舞台上表演的时候，一些人不怀好意，会挠她一把，有的人还会暗下手劲，抓走一绺头发，像李庆华这样温柔地一拍，她从未经历过。她别过头去，怕李庆华看到她正在掉眼泪。她希望李庆华的手不要离开，一直在她脑袋上放着。

李庆华没再纠缠白海豚的事情，反倒对阿丽的背包颇有兴趣。他问：“你怀里是什么宝贝，睡觉的时候都不舍得撒开？”阿丽才想起来那个背包，并把这个背包和她那个白海豚的梦联系起来。阿丽说：“我喜欢这样抱着，我总要抱个什么东西。”李庆华问阿丽是不是有过什么童年创伤。阿丽说：“怎么老说我，说说你儿子吧。”她想到就要当妈了，就浑身起鸡皮疙瘩。

到了后半夜，他们才赶到那个小镇。李庆华说：“先回家休息一晚，明早再去医院看孩子。”她就跟他进了家门。上楼梯的时候，她的背包似乎又变重了，压得她透不过气。或者是舟车劳顿，她感觉累了。李庆华的家并不像她梦里的那样，这是个再寻常不过的家了。连寻常也不算的，倒是非常干净，是那种许久没有人住的空荡的干净。她想问问关于李庆华妻子的事，不知道该怎么提起。她应该早提起的。进了家门，她才想起来。不过她倒是揶揄了一句，问李庆华是在家里住吗？李庆华说她猜得没错，他的大部分时间都在医院里。他这么说，阿丽有点可怜他。起居室亮了灯，李庆华佝偻着身子，走来走去。阿丽坐下来，看着他，突然感觉自己就是他生活的一部分。

起居室有张大书桌，李庆华喜欢写字。从前他是天主教徒，没事就抄抄《圣经》，现在又改信了佛，开始抄《金刚经》了。阿丽对他这一点感到由衷的厌恶。他是那种临急抱佛脚的人，可谁又不是呢。他的字很好看，明知是他写的，阿丽还是会问："这是你写的吗？写得真好看。"她好久没看见过中国字了。李庆华写的是小楷，方方正正一撇一捺，阿丽俯身端详着。李庆华走过来，说："心里烦就写写字，写字的时候，什么都忘了。"他把桌子上的字揉成一团，仿佛羞于见人似的。阿丽说："写得那么好，干嘛扔了？"李庆华早就把那一团扔进了垃圾桶，他说："随便乱写，怕你见笑。"

李庆华说让她洗个澡。她太想洗个澡了。等她一钻进淋浴间，一件件脱去衣服的时候，才猛然想到她不是在舞台上。她永远不想上那个舞台了。她赤裸裸地站在淋浴间里，水哗啦啦落在身上，并在自己的皮肤上缓缓游走。这是她的身体，只和她有关。她抚摸着，想到李庆华也会这样抚摸，她变本加厉了，她甚至开始轻微地呻吟。她在想李庆华是否在侧耳倾听，要不然他会干什么呢。或者他正在打开她的背包，去看那个骨灰盒一眼。他很可能会这么干的。阿丽急忙穿衣服，冲出了淋浴室，发现背包仍在原地，而李庆华早就在沙发上睡着了。

第二天他们去了医院。路上的阿丽一直在问她该怎么办？她有一种紧张的兴奋感。后来终于见到了那孩子，比她想象的更虚弱不堪。他的脸皮蜡黄，似乎吹弹可破，头发稀疏，像个老头，不过他倒是很像李庆华。眉眼之间有李庆华的神采，只是比他黑多了。他不是找了个印第安老婆吧。阿丽握着那孩子的手，一时说不出话来。她准备好的那些话似乎都是废话。她已经无话可说了。李庆华附在他耳朵边说妈妈来看他了。他还挂着呼吸机，眼睛死死盯着阿丽。阿丽又想起梦里的白海豚，那只白海豚也是这么看她。他根本就不相信眼前的这个人，也许这个女人的突如其来让他顿时丧失了对妈妈的全部想象，妈妈原来就是这样一个女人。他眼里是失望的困惑，也许这孩子已经无数次想过母子相逢的戏剧化场面，但当真的来了，他却把头决绝地扭过去了。

阿丽握紧了他的手，他想抽出来。他的嘴角在抽动。阿丽还没说一句话，不应该有什么破绽呀。李庆华早就告诉了这孩子，妈妈会来的，妈妈一定会来的。他从没见过妈妈，怎么就一眼发现她就不是呢。阿丽想到那个女人，她怎么连一张照片也没留下。阿丽自始至终都没问过李庆华那个女人到底去哪里了，她意识到了自己的可笑。她站在那里很久了，一句话也没说出来。

那个孩子闭上眼睡着了，或者假装睡着了。阿丽落荒而逃，躲在卫生间哽咽不止。她跪下来俯在马桶上，她就是这样对付自己的。她焦虑极了，这种焦虑让她浑身颤抖。没想到这个孩子又让她感受到了那种世界末日般的焦虑。她感觉那个孩子就是她的，这让她想到多年前曾失去的那个未见天日的孩子。她想起那孩子在她小腹里的摸爬滚打。这么多年过去了，他却在这里等他，眼睁睁看着她。那孩子正在报复她，是她要了那孩子的命，她是个凶手。李庆华在门外喊她，他不可能知道发生了什么。他可能以为是那孩子惹怒了阿丽。他想和她说对不起。其实该说对不起的是她。她从背包里掏出那把枪，将枪口塞进了嘴里。她想结果了自己。枪口冰凉，像吞了一口冰激凌。她没有开枪，阿秋在她的背上笑得发抖。枪管伸进她的嘴巴里，像那些男人的老二，这让她想起阿秋的一句话，硬得像一把枪。她会为刚才那把枪笑得前仰后合。

阿丽服了一粒镇静药。她身上会随身携带镇静药，这是她多年来的习惯。她的焦虑症冷不丁地就会袭来。那种焦虑让她想死，心跳加速，出虚汗，世界像一个大大的幻影，不停地向后退，离她远去。她缓过来了，起身去见李庆华，说她只是有些不舒服。李庆华一直在外面等她。他戴着一顶帽子，显得很乖张。她才发现他竟然戴了一顶奇怪的帽子。她突然很想扑过去，不过她没有，只是远远地盯着李庆华。她打量他，看他的法兰绒长裤。李庆华走过去，环抱住她，问她要不要去看医生。她说不用，她又说一句她喜欢那孩子，她真的喜欢他。即使那孩子一句话也没说，只是冷漠地看着她。

李庆华想杀了那个主治医生。只是因为那医生和他说话时，冷笑了一声。杀掉谁也是无济于事，那个男孩怕是撑不下去了。那医生就是想让他接受现状，他其实早就接受了，只是不想让那医生笑着告诉他。他怒气冲冲。阿丽抱住了他发怒的身体，李庆华回过身来，差点和她撞个满怀。李庆华瞪了她一眼，阿丽感受到了一丝屈辱。她是他的陌生人，她从没走进过他的世界，这让阿丽又一次想逃。阿丽有几次都想逃，想离开李庆华一家，她受不了那种折磨。每当想逃的时候，李庆华就会哭一场。他说那孩子原来不这样，他特别想知道妈妈是什么样子，他只是说不出话来，李庆华还让阿丽看他的眼睛，说他的眼睛正在说话。阿丽不敢看他的眼睛了，那是白海豚一样的眼睛，无辜茫然又满含期待。他对着阿丽像是笑过，不过那种笑也是极其勉强的，嘴角歪了歪，眼睛弯了弯。

阿丽并没真正进入角色，始终像是置身事外。她是怕自己失控，尽量像个妈妈不是为那孩子，是为了李庆华。那些医生和护士也曾质疑她的妈妈身份。她没表现得那么声嘶力竭。她有一次还亲了一下那孩子，只是那亲吻也像礼节似的。这不能怪她，她在这个世界上早就没有一个亲人了，亲情是个什么怪东西，她从来都是对那东西漠然的。

阿丽坚持到了最后。她眼睁睁看着那孩子走了，永远闭了眼。那双眼睛还没好好看过这个世界，就闭上了。她没哭，李庆华也没哭。孩子像是又一次睡着了。仪器叫个不停，一条笔直的绿线告诉他们，一切结束了。接下来就是简单又潦草的葬礼，阿丽没有参加。她躲起来了，去了一家汽车旅馆，终日睡在床上。她蜷缩起来，像一只受伤的白海豚。

葬礼结束后，李庆华去找她，说要好好谢谢她。她不想见他了，李庆华问为什么？阿丽说："不为什么。"他电话里的轻松口气，让阿丽感到恶心。她说："你别再找我了，我要去找另一个男人了。"她知道他接下来要干什么，他想和她共度余生。他在电话另一头哭，说："只剩我一个人了，你能陪陪我吗？"他还说那孩子不是他亲生儿子，是他领养的，因此才不可能有孩子他妈的照片。阿丽有一丝心动，不过还是把电话挂了，并给他发了信息，说让他再也不要找他了。李庆华没回，也许他死了心。他一死心，阿丽反倒有些失落。她下一站就要去雅加达。雅加达还有另一个瑞秋等着她。

5

在去雅加达之前，阿丽还见到了另外一个人。他是阿秋的生前好友，阿丽不认识。见到他时，阿丽还在想这个男人和阿秋上过床没有。好像凡是和阿秋有关的男人都和她上过床。她为自己这么想感到羞愧。

他们在西部的一个小城见的面，四周是一望无尽的荒漠。阿丽离开李庆华所在的小镇以后，就去开她的车了。当她坐进那辆雪佛兰的小轿车时，她才感受到了真正的自由。她可以为所欲为了，甚至可以在车上撒泡尿，她就是这么想的，可她还是没这么干。她在自己车子里睡着了，又做了那个白海豚的梦。白海豚受伤了，鱼鳍被鲜血染红，像是一对血红的翅膀。阿秋抱着它，让梦中的阿丽有一种错觉，以为是白海豚在飞，而阿秋正骑着它似的。阿秋不再让她救那只白海豚了，她让阿丽带她们回家。阿丽问是她和那只白海豚吗？阿秋对她的提问感觉莫名其妙，意思是这还用说吗。家在哪里呢，阿丽问。阿秋说家就在一片白的海上。阿丽醒来，一直想那片白的海。她开着车驶向荒漠深处。就是这时候，她才和那个阿秋的生前好友约好的。

那个男的很年轻，三十多岁，长发飘飘，大抵是个混血儿。阿丽问他，他说他妈妈是中国人，爸爸是菲律宾人。他们用中文交流，他的中文不错，还用中文写过诗。他竟然是个诗人，更不可思议的是，瑞秋也写过诗。瑞秋不但写诗，据他说写得还很不错，这家伙就喜欢瑞秋的诗。他们是在夜间大学的创意写作班认识的。阿丽从来不知道瑞秋还写过诗，从她的遗物里没发现她会写诗的任何蛛丝马迹。除了一本被翻烂的《圣经》和赞美诗外，还有几本时装杂志，阿丽没再找到任何一本书。她一度怀疑这个男人说的瑞秋是她认识的瑞秋么。

他一直说瑞秋的死让他感到震惊。她一直不回他的邮件，他以为发生了什么，等他来到了新奥尔良波旁街的那家夜总会时，才知道她已经过世了。他说他一直蹲在夜总会门口，仍然相信瑞秋会满面春风地走出来。他说瑞秋很坚强，是瑞秋的鼓励让他能继续活下去。他让阿丽喊他东方，他的中文名字就叫东方，是他自己起的。他很想去中国看看，不过一直没去成。她看着他说话，他在说一个她从来不知道的人。他说的分明就是那家在夜总会里跳脱衣舞的瑞秋，除了她还有谁。要不然他也不会找到她。他喊她丽莉，并说丽莉和他想象的不一样。也就是说，瑞秋在东方面前提起过她。阿丽问他阿秋是怎么说她的。东方说："她说你是个怪人，不过是个善良的怪人，有了你她才安心。"她竟然说她是个怪人，阿丽想笑。阿丽的背包上的那个可恶的家伙说她是怪人。阿丽问："有没有说我哪里怪。"东方笑了，说："你一点也不怪。"阿丽说："你能让我看看她写的诗吗？"东方感到震惊，说："你没看过瑞秋写得诗吗，她简直是个天才。"阿丽说："我不知道她会写诗。"东方说："她真是个与众不同的人。"阿丽说："你也许是唯一一个知道她写诗的人。"东方说："你是不是那个唯一不知道她写诗的人。"她被东方的一句话吓了一跳。阿秋为什么瞒着她。她不是她生死相托的朋友么？直到现在阿丽还背着她呢。这像个笑话。

他们在一条干枯的河床上散步。这样的河床也让瑞秋那些诗变得别具意义。阿丽不停念叨那一句"我一件件脱光，就像一件件穿上"，这是瑞秋一首诗里的句子，她写的是中文诗，有不少句子都让阿丽惊叹。比如“那一秒，我才是天大”，让她想到她站在男人中间睥睨群雄的样子，还有“难过阿弥陀佛”，她故意把南无阿弥陀佛写成难过阿弥陀佛。阿丽看着眼前的这个年轻人，蓝灰色眼睛左顾右盼，上身穿着油腻腻的花呢夹克，还围着一条脏兮兮的红色围巾，她又一次感到了嫉妒。她并不了解那个叫瑞秋的女人。瑞秋说得没错，也许古怪的那个人是她丽莉。她的自由只不过是一道可笑的围墙，这让她想起拿到美国绿卡的那一刻，她有多么高兴，那种高兴现在看来竟十分怪诞。阿丽说：“你应该去中国看看。”她是说给自己听的。那片白的海就是南中国海。阳光炽热，雾气蒸腾，白茫茫一片。

东方仍沉浸在悲伤之中。阿丽没告诉他，她正背着那罐骨灰盒。她不想被悲伤的情绪笼罩。她问起了他和瑞秋的关系，东方说他们之间什么都没发生过。他诚恳得让人难以置信，他来找她就像是陈述她和他什么也没发生过，这让他感到遗憾。他在沉思，像是在追忆细节。他脱口而出，说他总让她想起她的儿子。她还有个儿子，阿丽倒吸一口凉气。她继续追问。东方说她的儿子在中国，她想念那孩子想得发疯。东方哽咽，说她这辈子也没见到她的儿子。他抱住了阿丽。阿丽被他抱得喘不过气，她很久没被一个男人这样抱过了。他在亲她的脸，他开始吻她了。阿丽还停留在瑞秋竟然还有个儿子的怅惘中。

他不会把她当成瑞秋了吧。他就是把她当成瑞秋了，嘴里还念念有词。阿丽配合着他，不由自主。她有一种陷落感，像是掉进了一个洞里。东方的舌头伸进了她的口腔里，他们的舌头互相缠绕。阿丽该推开他的，推开他这个疯子。可她没有，她缠住了他，像一条蛇似地缠住了这个男人。她被东方推倒在地上，她还没来得及解开肩头上的背包。瑞秋和她一起摔在了地上。她想解开背包，东方没给她这样的机会，就扑过来了。这个年轻的男人长发飘飘，像一头雄狮子，正在袭击她。他的脸面无表情，阿丽不敢看那张脸。他进入了她，她叫喊着，这才意识到她正被一个才见了不到一个小时的男人强奸。这是强奸，不过她似乎并不想反抗，她的叫喊是愉悦的叫喊。她是瑞秋了，她在这个男人的身下才有可能变成瑞秋。那个男的猛地跳将起来，对着她的上半身猛烈地射精。精液落在了胸脯上、肩膀上，当然还有背包上。这家伙似乎知道那背包里藏着什么，他正对着那个背包抖个不停。最后他摔在地上，仰天长叹。他歪过脑袋来，对着她大口的哈气。他是个疯子，没错，他就是疯子。他把她当成瑞秋了，她身上有瑞秋的气息。东方蹲在地上捶胸顿足，说自己是个混蛋，他只是太想念瑞秋了。

她身后的瑞秋越发让阿丽感觉悲哀渺小。她已经把眼前的男人不当回事了。他们提起裤子就可以分道扬镳了。可东方像什么事都没发生似的，仍旧缠着阿丽谈论瑞秋。阿丽突然有一种上当的感觉，她也许只是他的工具，刚才发生过的一切都是他的精心设计。他像在写一首诗。他在说瑞秋是个最与众不同的人，他想了解更多，他想写下他们的一切。没想到阿丽连拒绝的力气也没有，她遂了他的心，她知道他想要什么。她告诉他背包里有瑞秋的骨灰，他刚才正对着瑞秋猛烈地射过精。这些话让他激动不已，他跳将起来。他像个孩子似的，在干涸的河床上跳舞。他说没有比这样的安慰更振奋人心的了。他在表扬，而阿丽是她的道具，更可怕的是连那撮骨灰也是他的道具，他为自己要写下的诗发疯。阿丽远远看着他，想举起一把枪。她举起来，瞄准，扣动扳机。枪没响，也许这把枪再也不会响了。她根本不想让它响，她没拉保险栓。东方发现她正拿一把枪对着他，他迎上来了。他要她杀了他，他想和瑞秋一起死，死在这河床之上。阿丽想，他或许早就算准了那把枪不会响。那把枪硬邦邦地顶在他的脑门上，就像刚才他也是这样硬邦邦地盯着阿丽。她想离这个疯子远一点。

等他们分开后，阿丽像是被斗败了的鸡神情恍惚。她开着车回新奥尔良。她想回去了，回到那条街上。在飞往雅加达之前，她要回那个家看看，在假阳台旁再看一次落日。

阿丽没有回新奥尔良。她又一次决定在那个世界里永远消失。她围绕新奥尔良转了一圈，路上她似乎要为在美国的一切画上个句号。她有可能再也不回来了，她会在中国靠海的某个小城住下来，过完残生。她上了飞往雅加达的飞机，去找一个叫泰德的人，是他收留了阿秋，不，是另外一个人把阿秋卖给了他。阿秋经常提起这个人，说她差点杀了他。阿秋说那是她唯一想杀掉的一个人，她已经万事俱备只欠东风了。她差点成了凶手，这时美国老头出现了，他愿意娶她。这真是让阿秋喜出望外，她给了他不少钱。阿秋说他就是干这个的。要不是这个老男人，阿秋的后半辈子可能会在雅加达的监狱里度过了。

骨灰盒终于过了安检，阿秋也和她一起上了飞机，她就是为了阿秋才去的。阿秋上不了飞机，这次飞行就没有任何意义。她在飞机上又梦到了那只白海豚，醒来后，她突然感觉那只白海豚也许和阿秋的儿子有关。她不会在雅加达待太久，接下来就去中国。她要找到那个孩子。现在看来，她的一切努力都是为了找到那个孩子。听东方说，那孩子生于1997年，已经十六岁了，和李庆华的儿子差不多大小。她又想起李庆华的儿子来，歪过脑袋羞于看她的样子让人心酸。正是这一连串的事情才把阿丽带到飞机上。自从来到美国，她再也没离开过。她是不敢离开，怕一旦离开，就回不去了。她知道自己来得有多么艰难。飞机之上，她却想到密闭的船舱，想到那些呕吐物的气味。

她一个人从机场走出来，扑面而来的是热带那种腥潮的气息，让她想起白人身上的绒毛。她上了计程车，没人知道她说的那家夜总会，更别提有个叫泰德的人。她在雅加达的街头驻足，又一次感到了刚到美国时的那种迷茫。她找了一些年龄大一点的人询问，也没人知道她说的那家夜总会。瑞秋是不是记错了，或者故意说错的。她说过的那家夜总会和那个叫泰德的人都是虚构的，只为了逗着她玩。可阿丽还记得她描述时的认真表情，不像是在撒谎。她知道阿秋撒谎是个什么样子，可这种感觉也是不足信的。

她终于找到了一个知情人，说知道那家夜总会，不过早就不复存在了，那个叫泰德的老板也入了狱。她想去看看那个狱中的泰德，问他还记得一个叫黄水秋的中国人吗？她问人家叫泰德的老板住在哪个监狱，那人对她这么问感到惶惑，像是她不该这么问，这么问就像是在犯错。阿丽硬着头皮又问了一句，那人说他也许早就出狱了，在雅加达一切皆有可能。他这么说的时候，是嘲讽的语气，说这里不是美国，也不是中国。阿丽知道她再也找不到那个叫泰德的人了，这也说明阿秋生命中最重要的两年消失了。黄水秋这个女人究竟是怎么摆脱泰德离开雅加达的，阿丽可能再也不会有答案。她在雅加达的街巷里辗转，有种绝望的情绪袭来。她像是被头顶上白花花的光融化了。

在阿丽想要启程去中国的时候，事情又有了转机。东方给她发了一封邮件，那封邮件里提到了雅加达的一个大学老师，说这个大学老师曾经光顾过黄水秋，那时她已经在某家夜总会开始坐台了。这个人让黄水秋有了第一次写诗的冲动，她是因为他才开始写诗的，据东方说，她可能爱过他，爱得死去活来。他还说了这人叫什么名字，在哪所大学任教，让她去找找他。东方最后说，他很想陪她一起来雅加达的，只不过他囊中羞涩，他想攒够了钱去中国，让她在中国等他。阿丽喜出望外，她又一次走进那团白花花的光里，后来就找到了那个华先生。华先生让她想起曾经的中学语文老师，梳着大背头，脑门油光锃亮，像一面镜子。他在端详她，也许一直在猜测眼前的女人究竟和黄水秋有什么关系。这人小心谨慎，生怕会说错什么，一副受过惊吓的样子。他起初不愿多谈，说那些尘封的旧事早就想不起来了。两个人肩并肩，走在大学的林荫道上，像一对老年教授偷情。

也许是大学校园的轻松气氛，让阿丽有了一种脱胎换骨的感觉。她开始喜欢上这里，想象十几年前阿秋同样在这条林荫道上走过。华先生不停地问她究竟是谁，为什么来找她。她的理由不够充分，无法说服他。她对他来说更像个女骗子。既然如此，那她就决定骗他一回。她学东方的样子，说她是个诗人，想写下黄水秋的一切。华先生这才相信了她，并开始滔滔不绝起来。这样的滔滔不绝想必有不少添油加醋的成分，在面对一个诗人的时候，人不免情绪高涨，有过度美化他们之间感情的嫌疑。在华先生的叙述中，他们的爱情疯狂凄美，爱得不可救药，他曾想带着她去海上私奔。他指着一株大榕树，说："你想象不到她到底有多美。她那么纯洁、温柔，我不知道该用什么词语来形容。对了，她喜欢咬嘴唇，咬嘴唇的样子真是惹人怜爱。那时候，我真是不顾一切。"他舔了下嘴唇，似乎正在为阿秋喜欢咬嘴唇佐证。

在阿丽看来，他不是那种不顾一切的人，这一点不如那个莱恩，他瞻前顾后，眼镜片背后的眼神在算计着眼前的一切。他不太轻易让自己吃亏。他这么说也许只是为了配合她说过自己是个诗人。阿丽问："你爱她吗？"他对她的提问感到莫名其妙，说："当然。"阿丽继续问："你真的爱她吗？"他说："你在怀疑我说的一切。"阿丽追问："后来发生了什么？”他说：“她想去美国，我去不了美国。”阿丽说：“你在撒谎。是你不要她了，她才想去的美国吧。”他愤怒了，说：“你有什么资格说我撒谎，你经历过我们经历的一切吗？你根本不知道发生了什么。”阿丽说：“你敢对着我发誓吗？”他说：“为什么不敢。”阿丽说：“我的背包里有瑞秋的骨灰，你发誓，快发誓说你没有撒谎。”他看着那个帆布背包发待了一阵，想落荒而逃。他是那种会动辄溜掉的人。不过他没有，也许是阿丽咄咄逼人的气势，把他吓住了。他陷入了左右为难的境地，或者他还想继续静观其变，想看看这个小个头的怪女人到底有什么花招。她没什么花招，相反她突然变得很颓丧，真正想逃的人是她，也许是她接下来的心猿意马让华先生有了倾诉的冲动。他说起从前的黄水秋，他也没见过的那个黄水秋。她是怎么来的雅加达，她又是为什么来雅加达的。华先生说她只说给他一个人听过，这个世界上再不会有第二个人知道。他又说给阿丽听，因为当事人瑞秋已往生，阿丽也就自然成了另外的第二个知情人。

他说黄水秋根本不叫黄水秋，黄水秋只是她一个朋友的名字。这个朋友是个侨民，她们一见如故，后来她就借用了她的侨民身份上了船，没想到却被一个船上的泰国人看上了，这个泰国人是那艘船上的大副，说话很有分量。因此她就被那些人强行留了下来，半年之后，也许是那个大副玩腻了，或者他感觉这已经是个麻烦了，就把她卖给了雅加达的泰德。一上船，她的人生就被彻底扭转了。阿丽一直在想，阿秋是怎么熬过那半年的船上生活的。也可以这么说，一旦熬过去，她就没什么好怕的了。不过从她身上，看不出一丝经历过这样阴霾的痕迹。阿丽问华先生：“她不叫黄水秋，她究竟叫什么？”华先生摇摇头说：“我已经想不起来她那个名字了。”

6

阿丽别了华先生，就去了中国。她去找一个叫陈宏昌的人，黄水秋为他生过一个儿子。事实上，真正的黄水秋是另有其人，这让阿丽感觉世事如烟人生如戏。她先是到了广州，又坐火车去海城。初到广州，她就像是被扔在了人潮中。人山人海，她感到眩晕。这里不是她记忆中的中国。她走在广州的街头，一直在寻找。等她走到小摊贩前，她才一怔，像是认识这个卖肠粉的中年女人。她在她的脸上找到了那个属于她的记忆，那是中国人的脸。她对她笑了笑，她以为阿丽要买肠粉。阿丽只好买了一份，她带着这份肠粉上了去海城的火车。

在海城的出租车里，她想起一些旧事来。那些旧事一旦被打开，就像潮水。阿丽坐立不安，她似乎看到街上某个人对他的一瞥，很像记忆中那个人。那一瞥，像是一颗复仇的子弹。她拢住心神，尽量让注意力回到黄水秋身上。她不是那个船头上冷漠的小女孩，那个人早就被她毁掉了。她是作为黄水秋才来海城的。这是黄水秋的海城，不是她的海城。

她来到了鱼嘴镇，在老街上走了走，摸了摸旧房子的外墙。她靠在墙上，想她是如何毁掉从前的生活的。旧房子里时时走出来一些老人孩子，让她有一种时空错乱感。她有时竟觉得从那旧房子走出来的老人会是另一个阿丽。她在街巷之中穿梭，引起了一个年轻女人的注意。这个人叫艾米，她也从美国来，在这个鱼嘴小镇生活了一年多了。艾米发现了阿丽，走过来问好。

阿丽起初以为这样轻佻的年轻女人比比皆是，并没引起她特别在意。艾米问阿丽叫什么，阿丽说叫黄水秋，艾米惊得跳了起来，问她怎么能叫黄水秋。艾米有个朋友也叫黄水秋。她认识的那个黄水秋也许就是阿丽要找的人。阿丽因此对眼前这个有点调皮的美国女孩感兴趣。你来我往没说几句，她们就发现彼此相见恨晚。遇上艾米，让她觉得运气不错。艾米带她去了鱼嘴镇的码头，那是渔人们的出海所在，码头上的渔船鳞次栉比。艾米说起她仍在美国的妈妈，说她很像阿丽。艾米挽着她，在码头上吹海风。阿丽并不急于打听艾米认识的那个黄水秋去哪里了。她想慢慢来。人与人之间的关系真是不可思议，有的人你会一见如故，比如这个艾米，就像她的亲生女儿。她挽着她，让她有一种从未离开的错觉。

艾米说起了她认识的那个黄水秋，说她成了杀人嫌疑犯，逃之夭夭了。阿丽心头一惊，问还能见到她吗？艾米有些伤心，说她不仅逃了，更重要的是消失了。黄水秋不想让别人找到她。艾米说起将死的动物，说动物快死的时候，就要躲起来，死在不见天日的小角落。阿丽想起她养过的一只猫，也像艾米所说，死前不知影踪。艾米劝阿丽不用着急，可以先找李四妹聊聊。李四妹是黄水秋最好的朋友，关于黄水秋的过去，没有比她更了解的人了。只不过她是个疯子，时好时坏，如果赶上她好的时候，这人是滔滔不绝的。李四妹喜欢艾米，还想让艾米嫁给她的儿子李威克。艾米说到李威克时情绪有些激动，看上去她挺喜欢他的。阿丽随口一问，她忙于否定，说她不喜欢那么可爱的男孩子，让她感觉嫁给了一个玩具。李威克是个潜水员，在海底世界的鲨鱼馆里表演人鲨共舞，那些鲨鱼都听他的话。他和鲨鱼在一个大鱼缸里游来游去的时候，艾米说他好像不是她认识的李威克，他是另一个人。艾米说完就陷入了沉思，阿丽过去摸了下她的脑袋。她也没想到自己会这样。是艾米说了她像她的妈妈才让她这样的吗，似乎不是，她摸着艾米的头，就像有人在摸她的头，感到被抚摸的那个人是她。两个人像一对久别重逢的母女。

艾米继续谈论李四妹，她对李四妹的兴趣远远大于黄水秋。她说李四妹这个女人总让她想到那部《海上钢琴师》的电影。李四妹和黄水秋曾在非洲西海岸的深海加工渔船上待过几年，很少靠岸，她们回来后，李四妹就魔怔了，躲在黑屋子里一句话也不说，很多海上待久了的人都会有一些古怪，船就像是一座孤岛。艾米不会想到眼前的阿丽也是从船上来，没人比她更清楚船上的一切了。艾米想象中那艘船就是《海上钢琴师》里的那艘船。

阿丽却问："那黄水秋呢？"艾米说她也有些不正常，不过她的不正常却让她成了鱼嘴镇上最有钱的人。黄水秋超级喜欢美金，她会随身携带美元纸钞，晚上睡觉前一定要数一数，只有这些美钞让她感到真正的心安。阿丽对这个黄水秋略显失望，但渐渐对眼前的艾米另眼相看。阿丽问她为什么会一个人跋山涉水地来到举目无亲的中国。艾米说："说来话长。"她说她在地图上找呀找，就找到了南海。她像开玩笑似地说起了她的中国之行，后来她说自己上辈子就是个在南海上打鱼的渔民，阿丽哈哈大笑，自从瑞秋去世后，她再也没这么笑过。艾米说她说的是真话，她能感觉到前世她在这里做过什么，并问阿丽有没有过一种感觉，就是从没去过的地方却感觉异常熟悉。阿丽说有过，艾米说："那可能和你的前世有关。"阿丽说："也许吧。"阿丽是天主教徒，对于佛教的轮回知之甚少，也毫无兴趣。艾米接下来又说起她正在写的一个小说，小说写的正是黄水秋和李四妹在船上的故事。这个故事说的是船上只有她们两个女人，一个是会计，一个是餐厅服务员，那艘船绕过好望角，远赴大西洋海上，船上生活就像没有出头之日的监狱，她们遇到过一个跳海的男人，是她们的好朋友，从高高的船舷上一跃而下，时间一点点过去，那个跳下去的人似乎又后悔了，开始死命地叫喊，在海里挣扎，渐渐游不动了，后来那些男人就开始议论这个男人如何被鱼群疯抢，从此李四妹和黄水秋就再也不吃鱼了。艾米说："大海有时候让人感到绝望。"阿丽想起深夜中的大海。她瞪大眼睛，认真端详着眼前的小女孩。她穿着牛仔短裤，上身是一件白色T恤，很随意，鼻子上挂着个亮晶晶的鼻环，这个鼻环算得上她身上最引人注目的地方。她想有这样一个女儿。她说了出来，她说自己无儿无女。她这么说，就是在撒谎，是她谋杀了那孩子，谋杀了一个早已成人形的女婴。她为自己撒了谎而愧疚地大哭不已。艾米抱住她，安慰她说，以后她就是她的女儿。

艾米驱车前往，沿着海景大道，绕过鱼嘴镇的地角码头。这个码头名字叫地角，意思是已经到了天边。这个中国最南端的海边城市，正对着那片遥遥无际的南海，码头上渔船耸立，密密麻麻，她们从车上下来，随便走了走，看了一阵子渔船上的人。有几个妇女戴着竹笠正在太阳底下剥贝壳。阿丽又想起船上的那场祸事，一旦来到这样的海边，看到这些渔船，她开始高频率地想起那一幕。渔船之上的男人正在拉网，眼睁睁看着十五岁的阿丽，她已经难以想象她的十五岁了，只是那一幕她永远记得，正是她的出神才致使那个男人被卷入深海，再也没上来，她是她的继父，她想让他死，可她没想到他真的死了。她的出神是有预谋的，那天风雨交加，她就那样冷静地站着，而那个孔武有力的男人在渔网的另一头求救。阿丽坐在汽车副驾驶上陷入了对那个男人奇怪眼神的追忆中。

后来她们一起去望角疗养院找李四妹，发现她已经离开了。值班医生说她是逃走的，和一个叫建平船长的人逃到了海上。那个医生也有些怪怪的，让她们以为他其实更像个病人。她们没有过多纠缠，就返身去找在鲨鱼馆工作的李威克了。她们途经一座教堂，阿丽下车进去转了一圈。教堂很小，她坐了一会，艾米坐在她身边。她似乎是为了让艾米能坐在她旁边，她才进教堂的。等她们起身要走的时候，阿丽突然发现背包不知去向。她吓得脊背发凉，手一直在抖。她的背包从未离身，是艾米让她忘了那个背包的事。慌乱中，她抓紧了艾米的手，问："我的背包呢？"她仍在颤抖。艾米感觉到了那个背包的重要性，她却轻描淡写地说："也许在车上。"她们跑回车里，背包的确在车里，完好无损。阿丽复又背上。她担心艾米以为她是个紧张兮兮的怪人，又把背好的背包解下来，故作轻松地说："我这个人就是丢三落四。"艾米说她也是。她并不想那么快让艾米知道，她究竟背着什么。

她们来到鲨鱼馆，正值人多的时候，李威克正在和那头鲨鱼共舞。玻璃鱼缸外面人头攒动，艾米拉着阿丽的手向里挤。她们挤到了前面。李威克和那头鲨鱼正游过来，并在她们前面定格。艾米叫喊着和李威克打招呼。李威克只是露出职业性的微笑。他似乎对玻璃外面的艾米视而不见。阿丽看着着急的艾米，心里涌上一股温暖。她又去看李威克，见他高鼻深眼，脸像刀刻，她这才想起艾米说他像个玩具的比喻。鲨鱼游过去了，他在后面追。他一会儿骑在鲨鱼背上，一会儿又搂着它。阿丽又一次想起那个受伤的白海豚。玻璃鱼缸给了她生活的另一种可能，她意识到她的追寻之路差不多已到尽头。

李威克换好衣服进来了。阿丽想瑞秋的儿子也应该这么大吧。艾米问他："你怎么没看到我？"李威克说："我看到你了。”艾米说：“那你假装看不到我。”李威克说：“你说得没错。”艾米急了，追了他一阵。李威克躲在阿丽后面。他们的轻松也让阿丽轻松起来，世界正在两个年轻人的追追打打中悄然变化。艾米给李威克介绍阿丽，说她也叫黄水秋。李威克也吓了一跳。他的立刻警觉让阿丽觉得黄水秋在这个小镇上果然非同凡响。阿丽笑了笑，并没打算这么早就和眼前的年轻人摊牌。她们一起吃饭，吃饭时艾米说起了另外一个叫阿光的人。阿丽当时怎么也不会想到这个叫阿光的人正是瑞秋的亲生儿子。李威克问艾米知道阿光的下落吗，艾米说他坐船去了荒岛，和黄水秋一起去的。李威克问：“你是怎么知道的？”艾米说：“我猜的。”李威克说：“我不相信。”艾米说：“我要是说我去过那个岛，你相信吗？”李威克说：“更不相信。”接下来李威克说很想见到阿光，并说他拿刀砍的那个东北人并没死，他也没必要逃了。艾米没说话，像是突然想到了什么。她总是冷不丁地一怔。

阿丽突然问他们：“你们认识陈宏昌吗？”艾米和李威克相视一笑，问阿丽怎么知道这个人。还没等阿丽回答，李威克就跳了起来，大声喊：“你不会是阿光的妈妈吧？”他指着她，对艾米说：“她就是阿光的妈妈。”艾米愣住了，看了一眼阿丽，阿丽说：“阿光是陈宏昌的儿子吗？”两个年轻人同时点了点头。阿丽并没否认，李威克接着惊叫起来，说：“阿光的妈妈回来了，阿光的妈妈回来了。”阿丽让他小点声。李威克说：“阿姨，您真是阿光的妈妈吗？”阿丽说：“吃完饭，你们带我去找陈宏昌。”两个人兴奋地围绕着阿丽，阿丽想让那种兴奋再多持续一段时间，因此她没有坦白她不是阿光妈妈的事实。

他们一行去了陈宏昌的家，并如愿见到了他。见到了陈宏昌，陈宏昌并没有认出略显疲惫的阿丽。他不认识她。艾米和李威克像是被同时泼了一盆冷水，这个女人并不是阿光的妈妈。后来得知她是阿光妈妈的好朋友，陈宏昌让她滚，他不想听到那个女人的任何消息。

在陈宏昌老婆的悉心安抚下，他才决定坐下来。他的老婆长得其貌不扬，一只眼睛总是看向斜上方，其实她是正在看眼前的阿丽。阿丽对她不屑一顾。她说：“陈先生，能不能和你单独谈谈。”所有人都出去了，客厅里只剩下阿丽和陈宏昌。阿丽还看到一张照片，有个粗壮的野小子，这孩子大概就是阿光。他的眼神和瑞秋颇有几分相似。陈宏昌抽着水烟筒，那只水烟筒咕咕地响，像是病入膏肓的肺。一口浓烟从他口腔里吐了出来，又渐渐消散，那张陈宏昌的脸更显得沧桑。

陈宏昌说：“你来干什么，是她让你来的吗？”他的中文普通话还没阿丽说得地道。阿丽说：“她不知道我来。你不用害怕，我来只是想看看，她和你在一起的那段时间，她是怎么度过的。”陈宏昌哼了一声，不说话了。阿丽问：“她叫什么？”陈宏昌说：“你连她的名字都不知道，你不会是个骗子吧，我怎么知道你说的是真话。”阿丽说：“我只知道她叫黄水秋。”陈宏昌说：“你们都是骗子。”阿丽说：“她用的是黄水秋的身份才上了船。”陈宏昌大惊失色，说：“原来是她。”竟连陈宏昌也不清楚她是怎么走的。阿丽说：“她为什么离家出走。”陈宏昌说：“我还想问你呢，你们究竟是什么关系。”阿丽说：“我已经说过了，我是她的好朋友。”陈宏昌接着问：“那你来干什么？”阿丽说：“你已经问过我了。”陈宏昌说：“我不明白你为什么来找我，你想知道什么？”阿丽说：“难道你什么都不想知道吗？”陈宏昌说：“她已经死了，我就当她死了。”阿丽说：“没错，她是死了。”水烟筒咕噜噜响个不停，他说：“你是让我去为她收尸吗？”阿丽说：“你还没有那个资格。”陈宏昌抬起头，和阿丽对视了一眼。阿丽接着说：“自始至终我都不知道有你这个人的存在，我和她认识好几年了，她从没提起过你，到死也没提起。”陈宏昌又低下头，猛吸了一口烟，又缓缓吐出来，烟雾缭绕淹没了他那张脸。陈宏昌说：“那你是怎么知道我的？”阿丽说：“人不会凭空出现，就像人也不会凭空消失。”陈宏昌不明白她在说什么，说：“那她人呢？”阿丽说：“我说过了，她死了。”陈宏昌说：“你们把她葬在了哪里？”阿丽示意就在她的背包里。陈宏昌死盯着那个背包，像是那个背包就是炸药包。阿丽说：“不用担心，她和你一点关系也没有。我想见见阿光，我会告诉他，他的妈妈是个什么样的女人。”陈宏昌说：“我怎么知道你说的是真的。”阿丽说：“你没有必要知道。我只是想问问你，她叫什么？”阿丽没忍住，泪水涌出来，她也不擦，一颗颗向下滚。陈宏昌颤巍巍地说："她叫邓彩凤，她是三峡人。"

陈宏昌说起了邓彩凤，三峡没有她的家了，那里成了一片汪洋，她和家人就来到了海城。那时海城百废待兴，吸引了大批的外地人，邓彩凤在海城的一家酒店做服务员。她喜欢大海，一个人常常看着大海发呆。陈宏昌说他们就是在那家酒店认识的。阿丽想问他们是怎么好上的，是否如华先生所说，是他陈宏昌霸王硬上弓，强行占有了她，而邓彩凤因此怀了孕，不得已才嫁给了他。阿丽并没问出口。不过陈宏昌已经在只言片语里否定了那种猜测。他说是邓彩凤先追求他的，她喜欢去他的渔船上游玩，后来邓彩凤就变了，她生下阿光后，人就变了。陈宏昌说她变得好吃懒做。那时陈宏昌的妈妈还活着，她看不惯这样的儿媳，两个人经常吵架，这可能就是邓彩凤后来离家出走的原因之一吧。阿丽想问他要一张邓彩凤的照片。陈宏昌说全烧了，说他恨她。

阿丽始终没有打开那个背包，她感受到了陈宏昌的怀疑。那双眼睛总不经意地看向那个背包，很想一探究竟。阿丽没给他这个机会，就从陈宏昌的家离开了。她不想在那里待得太久。陈宏昌给她一种窒息的感觉，就像他那只大手正在向她靠近，会一把扼住她的咽喉。从那个家门走出来，走进了海城潮腥的空气中，运送海鲜的大卡车疾驰而过，阿丽站在榕树下，有一种此身非我有的感觉。她嘴里一直念着邓彩凤的名字。她早就对瑞秋不叫黄水秋有所准备，可一旦黄水秋真的变成了邓彩凤，她还是难以接受。

那天晚上，阿丽和艾米住在了一起。她们聊到很晚，一直在说阿光和阿光那匹老马。艾米说到那匹老马的死，阿丽竟然又一次哭了起来。艾米因此翻开了她背包里的日记本。阿丽止住泪，看艾米的日记。艾米在睡前告诉她，她去过那个荒岛，是黄水秋让她去的，阿光也去了。那个荒岛叫勺子岛，岛上人烟稀少，没人知道他们去了那里。她不想说的，可见到阿丽又忍不住说了出来。阿丽看她的日记，日记里写的是她们三个人在岛上的对话。里面的阿秋是另一个阿秋，鱼嘴镇上最有钱的女人。阿丽想她的样子，短头发，脖子高挺着，对这个世界不屑一顾，晚上还会在台灯底下数美金。

艾米扭过头去睡了，或者假装睡了。

7

2012年12月17日　星期一　晴

我和阿秋坐在船舷上，就像多年前她和阿春那样，双脚在虚空里晃悠，脚下就是深不可测的大海。我们接下来又开始玩吐痰的游戏，看谁吐得远。玩了一阵子，我就没了兴致，说起了张东成的死。阿秋说："我们是彼此的恶魔。"我说："我可以肯定，张东成不是你杀的。"阿秋问："为什么这么说？"我说："说起张东成的时候，你很平静。"阿秋说："我就是那种杀了人也很平静的人。"我说："我不信，不过我相信我的感觉，你没有杀过人。”阿秋说：“他确实死在我手里了。”

阿秋又一次说起了那个梦。一切都是因为那个梦。说到这个，我激动不已，问她果真感觉有个中空的洞么。阿秋指给我看，她说已经被这个洞一分为二了。她好可怜。

我说：“这不是你的错。”阿秋说：“无所谓了。”我问：“你为什么选择离开，你害怕了？”阿秋说：“我有什么好怕的，他们都希望我走，我遂了他们的心。”

我起身，走向阿光。和阿光说了几句。阿光向阿秋的方向看过来，目露凶光。他看人时，总是显得恶狠狠的。阿秋对他笑，她这些天像是总在笑，对每个人都笑。有时一个人也会傻笑。比如早上看见太阳蓬勃升起，也是一路笑意盈盈，不像个随时会死的人。阿光低着头赶过来，肩膀一直耸着，像是背着一对翅膀。阿秋问：“没想到吧，是我救了你。”阿光说：“我本来不想逃的，大不了就是死，我也不想活了，活着真没意思。”阿秋说：“活着多好呀。可以看海上日出，看夕阳落下，你还没有女朋友吧，连个女朋友也没有过，就这么死了，太冤了。”阿光说：“有过女朋友，死了就不冤了么？”阿秋愣了一下，没想到这个笨头笨脑的家伙，一出口就让她不知道怎么接下去。我见识过阿光的蛮不讲理，我在旁边笑。阿秋说：“没有过女朋友不更冤了。”阿光说：“我没想过。”

阿光低头站着，反而显得居高临下。阿秋一直蹲靠在舱门附近，不得不仰脸和他对话。她让他也坐下。日上三竿，太阳眼看就横扫过来了。阿光很听话，就坐在她旁边。船上突然变得很安静。阿秋点了一支烟，徐徐吞吐。这个世界属于她，她在享受船上的每一秒钟。阿光和我是她的两个孩子。

阿秋说："你还是我接生的呢，你阿爸和你说过么？"他淡淡回道："没有。"阿秋说："我们这些做海的，生孩子都是在船上，有不少人都是自己剪脐带的。你看着茫茫大海，到哪里去找接生的人呀。你出生的时候，不是在船上。你阿爸去做海，家里没人。是我喊的接生婆。我也就做了接生婆的助手。我眼看着你从你阿妈的肚子里，被拽了出来。"

阿光却突然问："张东成是你害的么？"阿秋淡淡地说："你以为呢？"我这时抬起头来，看着阿光。他的表情有些扭曲，咬着牙不说话。阿秋说："你和我说说那天究竟发生了什么？"阿光说："你不说，我也不说。"阿秋说："好。我先说。那是场意外，该你说了。"阿光说："他们说你知道我阿妈在哪里。她给你寄过信。"阿秋说："我不知道。我没收到过她的信。"阿光说："是你劝她走的，对么？"阿秋说："是不是因为这个，你才烧了我家的汽车。"阿光说："不知道。我觉得那辆汽车有点碍眼，停在路边很碍眼。我还想过烧了你家的大酒店。"阿秋说："那辆汽车错了么，大酒店错了么？"阿光说："没错，这个世界错了。"阿秋说："到底是这个世界错了，还是我错了。"阿光说："对我来说，你就是这个世界。你说了算。"阿秋说："那你错了么？"阿光说：

“我的错就是不该来到这个世界上。”阿秋说：“这也不是你的错，人没得选，就来到这个世界。就像我们生来就是渔民的孩子，生来就属于这片海。多美的海。”阿光说：“你不属于我们，我们才属于这片海，你像个东北人。说起话来像唱歌一样。”阿秋说：“为了不像，我付出多少努力，到后来，我发现不值得。我讨厌我现在这个样子。”阿光说：“我们鱼嘴镇是不是要完蛋了。”阿秋说：“我觉得不会，只要有这片海，我们就完不了。”阿光转身去看浩瀚的海，海天一色，无边无际。阿秋接着说：“你和我说说那天究竟发生了什么。”阿光回头说：“我只是补了一刀，他们就说是我杀了那个人。我知道是他们陷害我，杀人的不是我，一定不是我。我躲在罐头岭的一个树洞里了。躲了两天，只有陈宏昌知道我在那里。我没杀人。我没杀人，你相信吗？”他两眼猩红。

她又摸了摸阿光的脑袋，说：“你当时在想什么？”

阿光说：“我想起了我家的那匹老马。你知道那匹马是怎么死的么？它是累死的，被拴在一辆皮卡上，皮卡车一路开，那匹老马跟着跑，后来就吐血，一头栽到了地上。他们都不是人，是畜生。”

阿秋靠过来了，用手摸了摸阿光的脑袋。阿光不动，热泪涌出，他也不擦。后来他就双臂抱着头，嘤嘤哭了，肩膀不住地耸动，像是一对受伤的翅膀。阿光落进阿秋的怀里了。等他不哭了，起身脱离了阿秋的怀抱。站起来，背过身去。

阿秋说：“他们是谁？你总是说起他们。”阿光说：“我也不知道他们是谁。反正是有他们。”阿秋说：“我是‘他们’吗？”阿光说：“是。”阿秋不说话了，转过头去看海。阿光说：“我想问你，有人说是陈宏昌把我阿妈拖进烂尾楼别墅里，才有了我，是这样么？我就不该活，我是个野仔。”阿秋起初没说话。站起来，拍着他厚厚的肩膀，安慰他说：“你听谁乱说的。有些人就是喜欢胡说八道，那不是真的。他们很相爱。”阿光说：“那她为什么离开我们？”阿秋说：“我也不知道。关于爱情，我也弄不明白。昨天两个人还爱得难舍难分，第二天就水火不容了。”阿光说：“那你呢，你爱过张东成么？”黄水秋说：“爱过。”

2012年12月19日　星期三　晴

阿秋很快爬不动了，只好让阿光背着。一说让阿光背着，他忙支起身子，像是他就为了背阿秋上山才来的。他背着她，一直埋着头。后来大汗淋漓了，也不说停一停。阿秋在他的肩膀上，让他觉得每走一步，都如此坚实。他把这个和她阿妈一样大的女人背上了山。我们三个人迎着海风，面对一大片海。

阿秋突然将头发散落开来，一下子就长发飘飘了。什么都躲不过阿光的眼睛。他现在一直在观察阿秋。他不知道自己为什么会对她聚精会神。他似乎能为她做一切，也许包括死。

阿秋张开双臂。三十多年前，阿春也许也是这样张开双臂面对虚空。人总是想飞。她回头说：“你们俩就是埋葬我的人。从你们上船的那一刻，我就决定让你们来见证。回去告诉他们，我就是这么死的。”

阿光慌忙抱住了她，这让阿秋措手不及。她在发抖，阿光也在抖。后来阿秋就一脑袋栽下去了，像阿光家那匹老马。她醒来后，虚弱不堪，和我们俩开玩笑说，她不会跳的，她只是想模拟一下阿春跳之前的样子。她才不会像她那么傻。她想再试试。阿光搀着她，她则怀抱着那条小土狗，向悬崖之上缓缓走去。到了再走一步就是万丈虚空的时候，阿秋停下了。阿光小心翼翼，仍旧害怕她一跃而下，胳膊紧紧抓着她。他似乎对阿秋有一种古怪的迷恋，连他自己也说不清楚。他像变了个人。

阿秋喊了声姐姐，就把那条土狗抛了下去。她杀了那条狗。艾米在身后大叫了一声，恶狠狠地盯着她。

2012年12月21日　星期五　晴

太阳染红了一片白茫茫的海，海上像是正在酝酿一场大火。这一天是阿光说的世界末日。没人把世界末日当回事，这是再寻常不过的一天了。这个黄昏显得尤其漫长，像是在等待，可又不知道在等待什么。

我们三个人坐在沙滩上，围成一个圈儿。我们在玩纸牌的游戏，谁要是输了就要跳进那个沙坑里，等着另外两个人不顾一切地活埋。我们玩得很开心。阿秋总是会赢，令我和阿光苦恼不已。我们俩相互使了个眼色，当然没逃过阿秋的眼睛。两个人搬起石头砸了自己的脚，我们又一次落败。阿秋一铲子一铲子将沙土扬起来，把输掉的阿光又一次埋了个底朝天。她笑得太阳一点点落进了海里。也许是突然的一暗，阿秋才明白这一天要结束了，游戏也结束了。

我们三个人继续坐在沙滩上，仍旧是一个圈儿。我们在等待沙滩上最后的光消失的那一刻。阿秋说：“你们猜得没错。我不知道该怎么死，我发现怎么死都不对。我更喜欢一场意外。”阿光还没从方才游戏的兴奋中回过神来。他说：“你总是说死呀死的，活下去真有那么难吗？”

总有一些奇怪的东西会在不经意间生发出来，没人知道那会是什么。阿秋说：“我不想死了，想和你们在一起好好活几天。不是几天，也许很多天。想一想我就觉得开心得不得了。”我说：“我也是。”说完看了阿光一眼。阿秋说：“我想看你们下海，你们去海里好好玩玩吧，你们开心我就开心。”

我和阿光下海了。阿光对着大海大吼一声，吓了我一跳。阿光回头看，发现远处的阿秋在向他招手，他也对着她招手。此时，我泼水过来。我们很快玩开了。

等我们上岸的时候，发现阿秋不见了。我们四处找，终于找到个知情人，那个人给我们一张纸条。纸条上这么写：你们别找我，找我也找不到，我像阿春一样消失了。

天暗下来，有些灯亮起来。也许是那些灯亮了起来，才让他们意识到天已经黑了。天空和海混成灰黑的一团，也许这才是它们最初的样子。后来我说起动物，说动物快死的时候，就想躲起来，不想被发现。她最后说，没有什么比死在别人眼前更悲惨的了。阿光一下子抱住了我，嘤嘤地哭。那种哭声像是小熊的撒娇声。哭了一阵子。我推开了他，指着远处。阿光一看，有一匹白马正向他们走来。阿光疯了似地向前跑去。

看完日记，阿丽一直在想那个荒岛，后来她就睡着了。她又做了那个白海豚的梦。梦里的她去了三峡，或许是别的地方。她认定那一定是三峡，大水滔滔，倾泻而下，她从没见过这么决绝壮观的水。她对着那片水说，你回家了。她把那坛骨灰打开，骨灰在水之上迎风飘洒，像一团雾。大水之上很快就一片迷蒙。迷蒙中，白海豚出现了，就像是她小时候的样子，她还在梦里听到了悠扬的咸水歌，是她妈妈的声音。白海豚一个鱼跃，又一个鱼跃，后来就跳起来望着阿丽。它在空中直立着，别提有多美，那双眼睛熟悉极了，像她认识的每一个人。